ROBLEDO ■ TOLEDANO

手彫り
TE BO RI

1

DIÁBOLO EDICIONES

Para Laura.
J.R.

Para Nuria. Y para la gente que, pese a todo,
sigue manteniendo la curiosidad.
M.T.

Tebori 1

Febrero 2016. Primera edición
ISBN: 978-84-16217-61-8
Depósito legal: M-39340-2015

Rotulación: Sebastián Romiti

Diabolo Ediciones S.L.
Apartado de correos 40171, Madrid
diaboloediciones@diaboloediciones.com
www.diaboloediciones.com

Puedes seguirnos en:
Diábolo Ediciones
@Diabolocomics

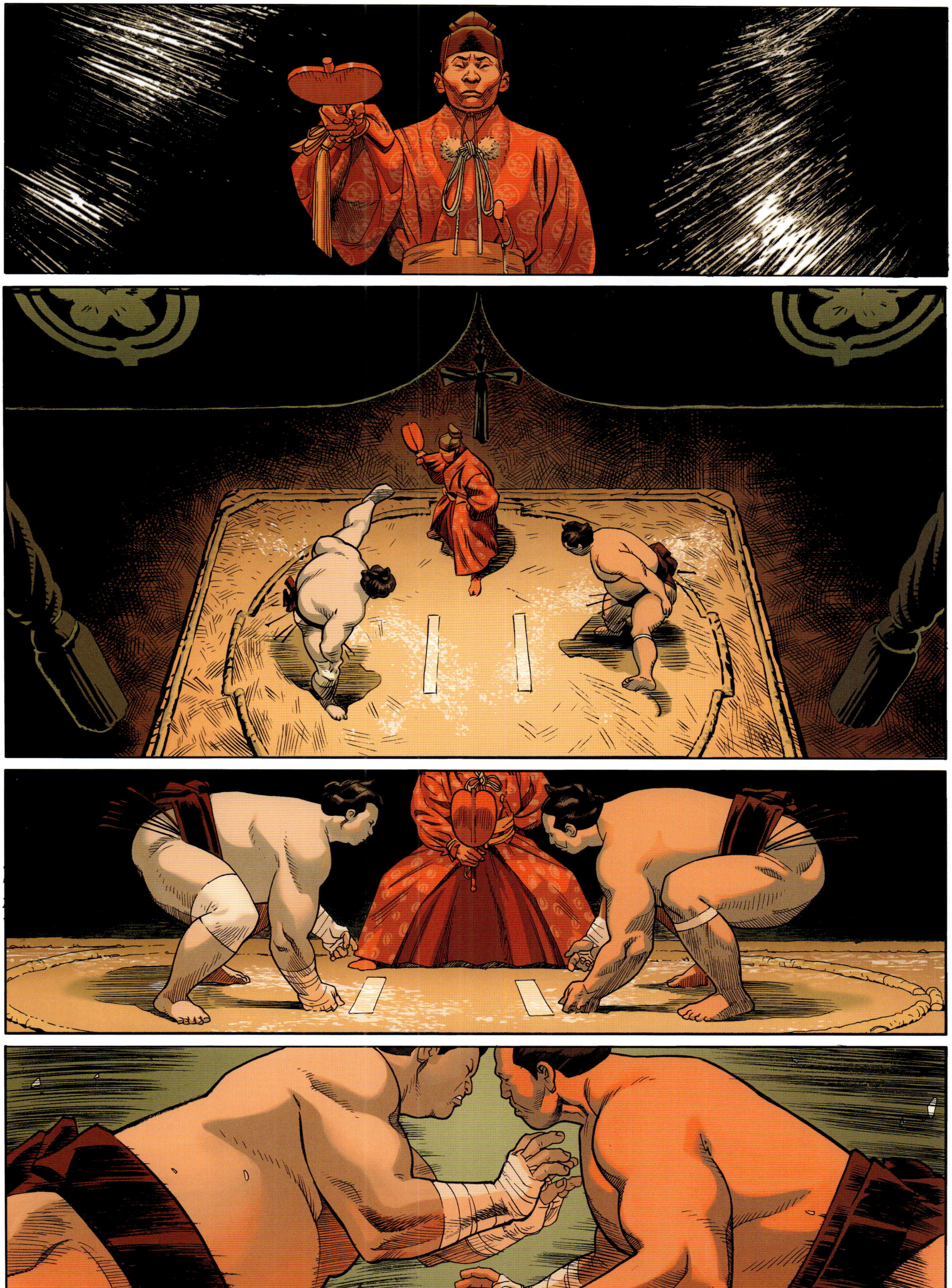

SEIJUN, SÉ QUE AHORA SE VE LEJANO...
1998
PERO NOSOTROS TAMBIÉN TUVIMOS SU EDAD.
Y TE GARANTIZO, QUE NO ÉRAMOS MUCHO MÁS LISTOS QUE ÉL.
LO SÉ PORQUE ESTUVE CONTIGO, Y VI TODOS LOS ERRORES QUE COMETIMOS.
IMPIDE QUE LOS COMETA ÉL...
TODAVÍA ESTÁ A TIEMPO.
NO DEJES QUE ACABE COMO NOSOTROS...
TE RUEGO QUE ACOJAS A YOSHI EN TU CASA...

¡HOY POR FIN ES NUESTRA NOCHE!
¡BORRAREMOS DE ESTA CIUDAD A LOS SPEKTER DEFINITIVA-MENTE!
¡¡¡QUIÉN ME TRAIGA EL CASCO DE FUKUSHA, SE GANARÁ UNA NUEVA I NSIGNIA EN SU KAMIKAZE!!
¡¡GRAZNAR ALTO MIS CUERVOS!! ¡¡¡GRAZNAR!!!!

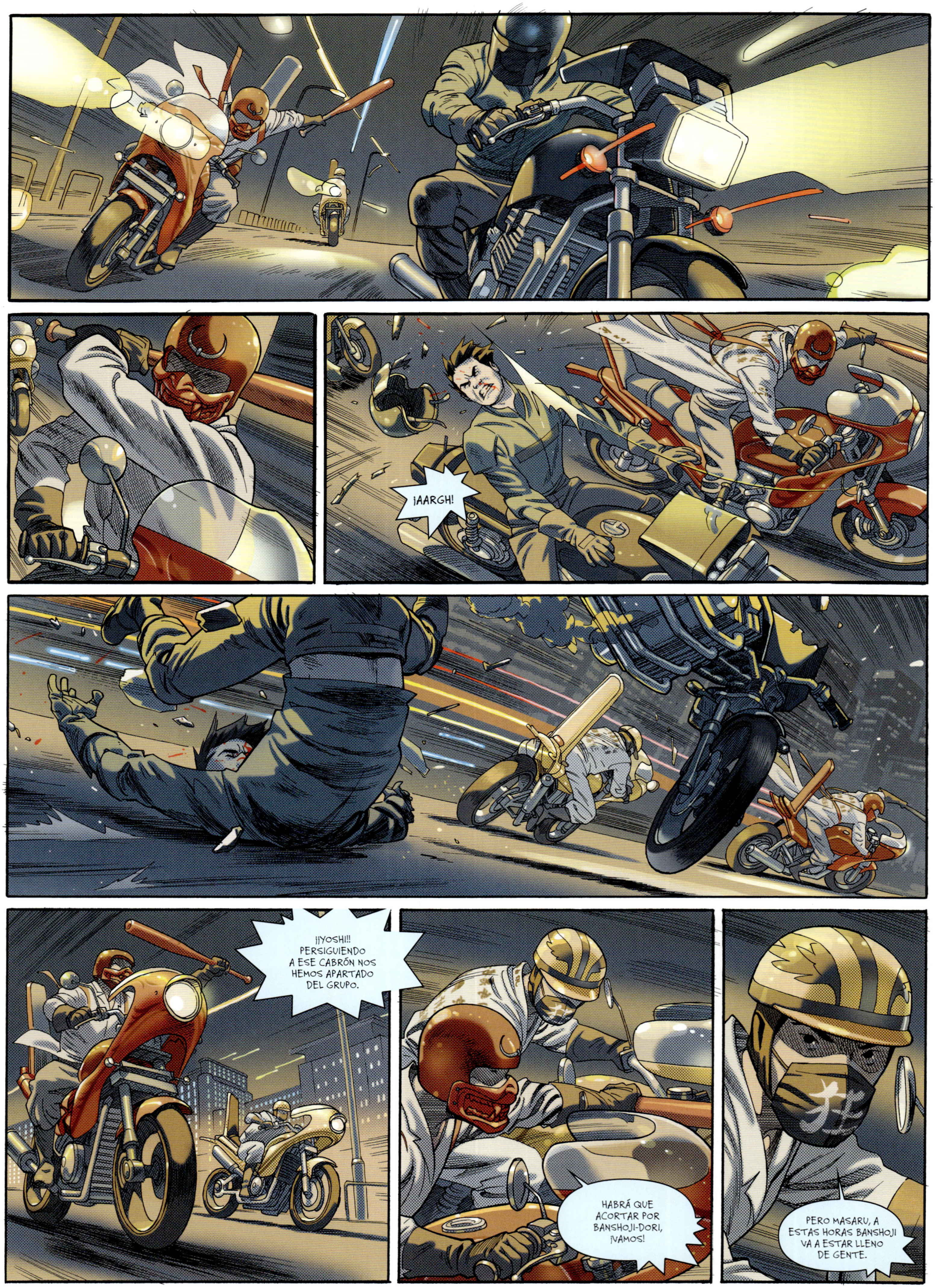
¡AARGH!
¡¡YOSHI!! PERSIGUIENDO A ESE CABRÓN NOS HEMOS APARTADO DEL GRUPO.
HABRÁ QUE ACORTAR POR BANSHOJI-DORI, ¡VAMOS!
PERO MASARU, A ESTAS HORAS BANSHOJI VA A ESTAR LLENO DE GENTE.

Welcome
환영 欢迎
B-3
Banchoji-St
きけん!!のらないでください!!
¡AH!

PUEDE QUEDARSE...
¿TU ABUELO TE HA EXPLICADO QUÉ VAS A HACER AQUÍ?
NO, SÓLO ME DIJO QUE USTED ERA UN VIEJO AMIGO.
¿TIENES ALGÚN TATUAJE?
SÍ, ME HICE UNO AL ENTRAR EN LA BANDA.
AQUÍ ENTENDERÁS EL AUTÉNTICO SENTIDO QUE TIENE EL TA-TUAJE...

INNNNNNNNNG
GGNNNNNNGNNN
NNNNNNNNNNG
NNNNNNNNNNNNNGGG
LO APUNTO.
PÁSATE LA SEMANA QUE VIENE Y TERMINAMOS.
¿NOS QUEDA ALGUIEN MÁS HOY?
NO, ESTE YA ERA EL ÚLTIMO.
GENIAL, PORQUE TENGO LA ESPALDA DESTROZADA.
¿VAS A SUBIR A VER AL HORISEIJUN ANTES DE IRTE?

YA SABES QUE SÍ.
LO HAGO TODOS LOS DÍAS. ¿POR..?
ME PREGUNTABA SI HOY POR FIN ME LO PRESENTARÍAS.
SABES QUE HE TENIDO DISCÍPULOS QUE HAN ESTADO AÑOS AQUÍ ANTES DE CONOCERLE.
TÚ SÓLO LLEVAS TRES SEMANAS.
¿PERO ES VERDAD QUE YA SÓLO TATÚA A VIPS?
¿Y QUÉ SE LE CONSIDERA UNO DE LOS SIETE?
SÍ, ES UNO DE LOS GRANDES MAESTROS.
YA SÓLO TERMINA LOS TATUAJES QUE EMPEZÓ HACE AÑOS. Y TÚ...
¿HAS TERMINADO LOS EJERCICIOS QUE TE PASÉ?
SÍ, SÍ, TE LOS HE DEJADO ENCIMA DE LA MESA DE LA OFICINA.
¿SE PUEDE?
SÍ, PASA, PASA. ESTABA RECO-GIENDO.
SE ACABAN DE IR.
HE TERMINADO YA ABAJO,
Y PENSABA IRME A TOMAR ALGO CON LOS CHICOS.

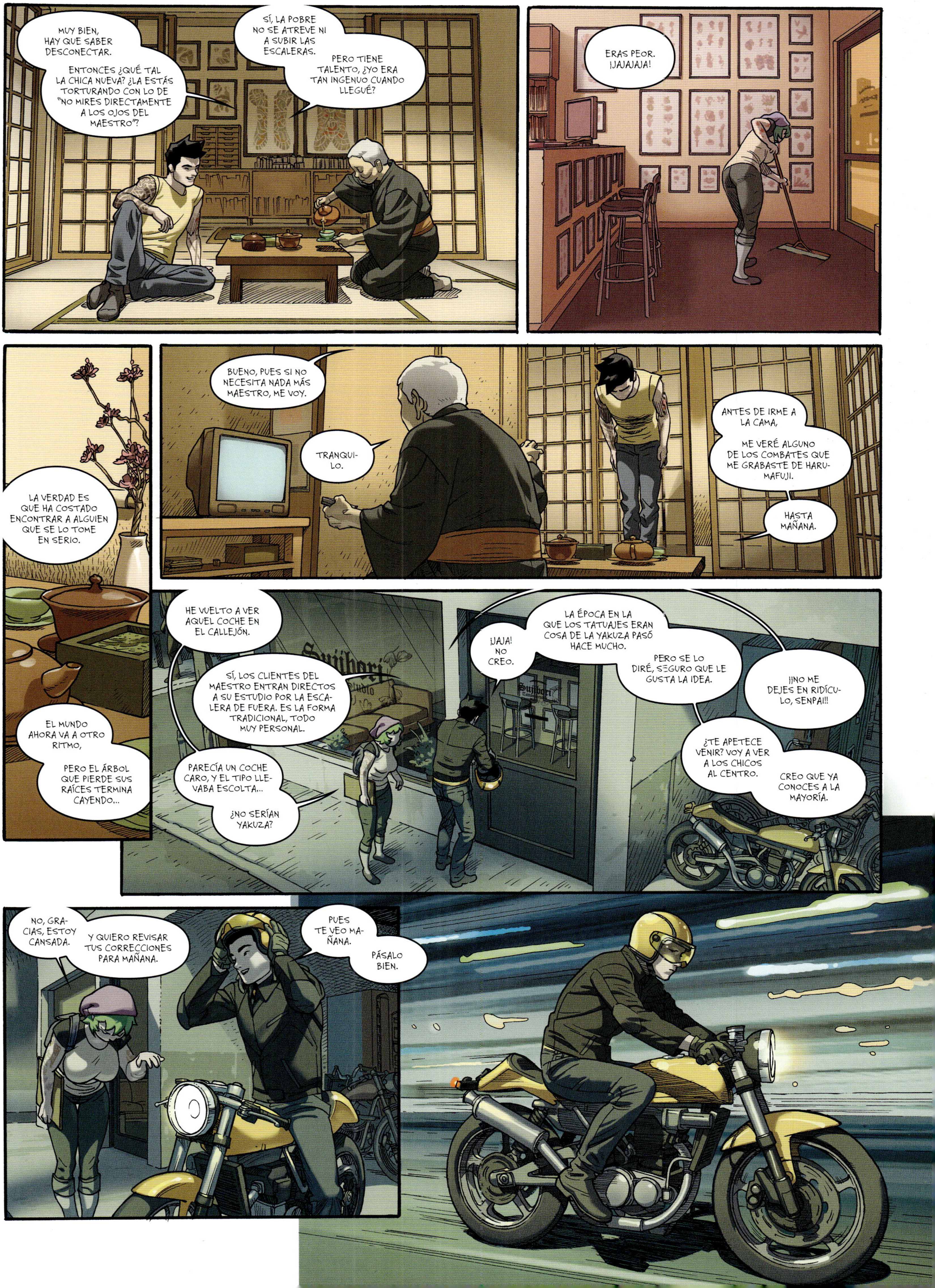
MUY BIEN, HAY QUE SABER DESCONECTAR.
ENTONCES ¿QUÉ TAL LA CHICA NUEVA? ¿LA ESTÁS TORTURANDO CON LO DE "NO MIRES DIRECTAMENTE A LOS OJOS DEL MAESTRO"?
SÍ, LA POBRE NO SE ATREVE NI A SUBIR LAS ESCALERAS.
PERO TIENE TALENTO, ¿YO ERA TAN INGENUO CUANDO LLEGUÉ?
ERAS PEOR. ¡JAJAJAJA!
LA VERDAD ES QUE HA COSTADO ENCONTRAR A ALGUIEN QUE SE LO TOME EN SERIO.
BUENO, PUES SI NO NECESITA NADA MÁS MAESTRO, ME VOY.
TRANQUILO.
ANTES DE IRME A LA CAMA,
ME VERÉ ALGUNO DE LOS COMBATES QUE ME GRABASTE DE HARUMAFUJI.
HASTA MAÑANA.
EL MUNDO AHORA VA A OTRO RITMO,
PERO EL ÁRBOL QUE PIERDE SUS RAÍCES TERMINA CAYENDO...
HE VUELTO A VER AQUEL COCHE EN EL CALLEJÓN.
SÍ, LOS CLIENTES DEL MAESTRO ENTRAN DIRECTOS A SU ESTUDIO POR LA ESCALERA DE FUERA. ES LA FORMA TRADICIONAL, TODO MUY PERSONAL.
PARECÍA UN COCHE CARO, Y EL TIPO LLEVABA ESCOLTA...
¿NO SERÍAN YAKUZA?
¡JAJA! NO CREO.
LA ÉPOCA EN LA QUE LOS TATUAJES ERAN COSA DE LA YAKUZA PASÓ HACE MUCHO.
PERO SE LO DIRÉ, SEGURO QUE LE GUSTA LA IDEA.
¡¡NO ME DEJES EN RIDÍCULO, SENPAI!!
¿TE APETECE VENIR? VOY A VER A LOS CHICOS AL CENTRO.
CREO QUE YA CONOCES A LA MAYORÍA.
NO, GRACIAS, ESTOY CANSADA.
Y QUIERO REVISAR TUS CORRECCIONES PARA MAÑANA.
PUES TE VEO MAÑANA.
PÁSALO BIEN.

LABI
¡¡¡SALVEMOS LA BAHÍA DE ISE!!!
¡¡SALVEMOS LA BAHÍA!!
¡ISE ESTÁ EN PELIGRO!!
AMIGO, TENEMOS QUE HACER ALGO ANTES DE QUE SEA DEMASIADO TARDE.
"SALVEMOS LA BAHÍA DE ISE"
伊勢湾を保存します
¡PAREMOS EL NUEVO PROYECTO DE CONSTRUCCIÓN ANTES DE QUE SE PRODUZCA UNA TRAGEDIA!
Asahi SUPER DRY
JODER YOSHI, SIEMPRE LLEGANDO TARDE.
LO SIENTO, HE TENIDO MUCHO LÍO HOY.
YA LE CONOCÉIS, ANTES DE VENIR, TIENE QUE ASEGURARSE DE ARROPAR BIEN AL MAESTRO.. JAJA

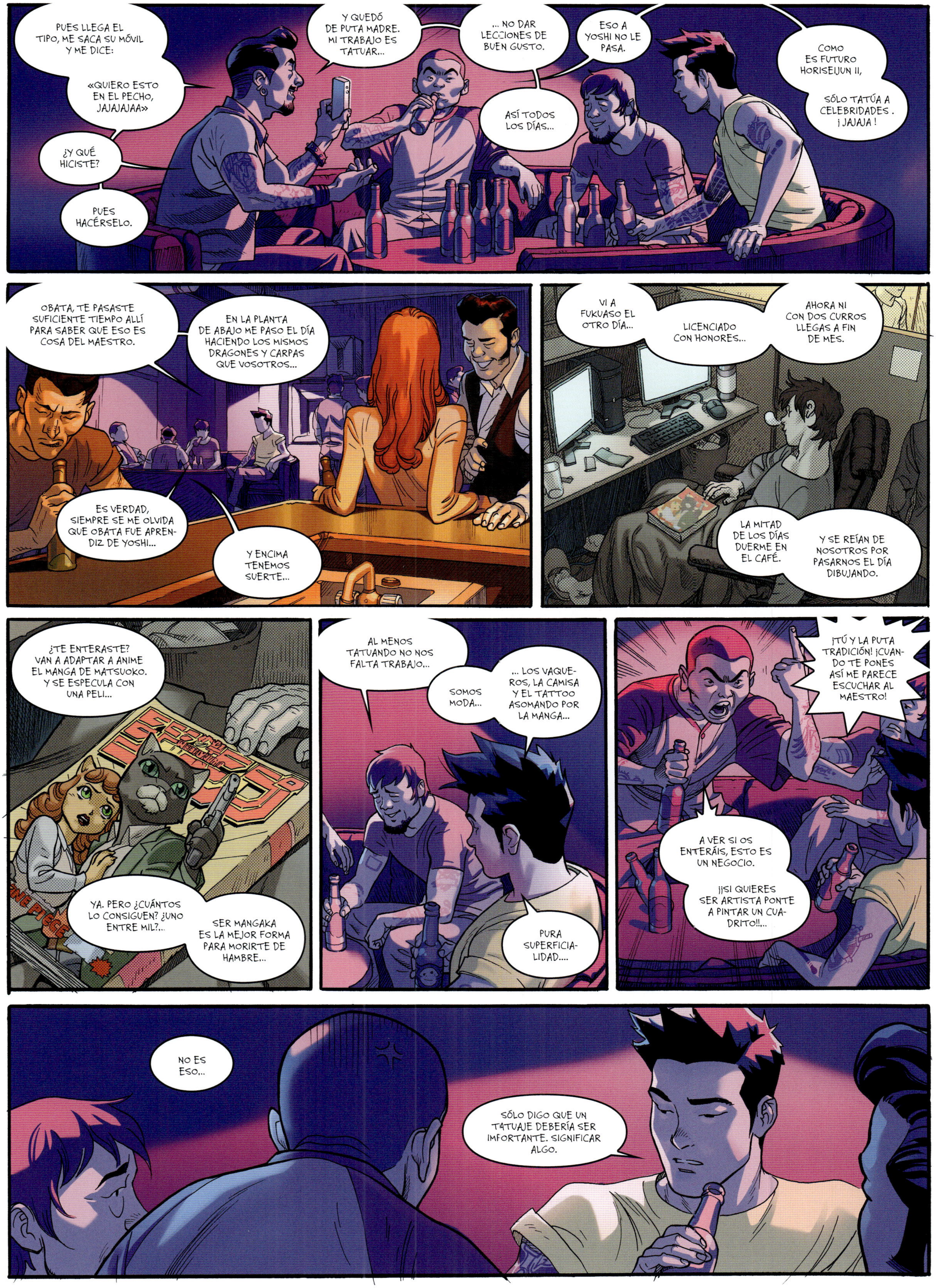
PUES LLEGA EL TIPO, ME SACA SU MÓVIL Y ME DICE:
«QUIERO ESTO EN EL PECHO, JAJAJAJAA»
¿Y QUÉ HICISTE?
PUES HACÉRSELO.
Y QUEDÓ DE PUTA MADRE. MI TRABAJO ES TATUAR...
... NO DAR LECCIONES DE BUEN GUSTO.
ASÍ TODOS LOS DÍAS...
ESO A YOSHI NO LE PASA.
COMO ES FUTURO HORISEIJUN II,
SÓLO TATÚA A CELEBRIDADES. ¡JAJAJA!
OBATA, TE PASASTE SUFICIENTE TIEMPO ALLÍ PARA SABER QUE ESO ES COSA DEL MAESTRO.
EN LA PLANTA DE ABAJO ME PASO EL DÍA HACIENDO LOS MISMOS DRAGONES Y CARPAS QUE VOSOTROS...
ES VERDAD, SIEMPRE SE ME OLVIDA QUE OBATA FUE APRENDIZ DE YOSHI...
Y ENCIMA TENEMOS SUERTE...
VI A FUKUASO EL OTRO DÍA...
LICENCIADO CON HONORES...
AHORA NI CON DOS CURROS LLEGAS A FIN DE MES.
LA MITAD DE LOS DÍAS DUERME EN EL CAFÉ.
Y SE REÍAN DE NOSOTROS POR PASARNOS EL DÍA DIBUJANDO.
¿TE ENTERASTE? VAN A ADAPTAR A ANIME EL MANGA DE MATSUOKO. Y SE ESPECULA CON UNA PELI...
YA. PERO ¿CUÁNTOS LO CONSIGUEN? ¿UNO ENTRE MIL?...
SER MANGAKA ES LA MEJOR FORMA PARA MORIRTE DE HAMBRE...
AL MENOS TATUANDO NO NOS FALTA TRABAJO...
SOMOS MODA...
... LOS VAQUEROS, LA CAMISA Y EL TATTOO ASOMANDO POR LA MANGA...
PURA SUPERFICIALIDAD....
¡TÚ Y LA PUTA TRADICIÓN! ¡CUANDO TE PONES ASÍ ME PARECE ESCUCHAR AL MAESTRO!
A VER SI OS ENTERÁIS, ESTO ES UN NEGOCIO.
¡¡SI QUIERES SER ARTISTA PONTE A PINTAR UN CUADRITO!!...
NO ES ESO...
SÓLO DIGO QUE UN TATUAJE DEBERÍA SER IMPORTANTE. SIGNIFICAR ALGO.

¡TRAS!
¡BOOMMM!
¡¡PLASS!!
¡MAESTRO!
PERO ¿QUÉ HA PASADO?
CREO QUE TENGO ALGO QUE CONTARTE...
MAESTRO...
SUS MANOS...
ME ACABO DE JUBILAR...

VALE, SI NO QUIERE, NO LLAMARÉ A LA POLICÍA, NI IREMOS AL HOSPITAL.
PERO ¿ME CONTARÁ AL MENOS QUE HA PASADO?
SABÍAS QUE LLEVÓ TIEMPO PENSANDO EN LA JUBILACIÓN.
PERO ANTES DE HACERLO, TENÍA QUE CERRAR UN ASUNTO.
HACÍA MUCHO QUE MI VIEJO AMIGO NO VENÍA A LA CIUDAD, ASÍ QUE APROVECHÉ PARA DAR POR FINALIZADA NUESTRA RELACIÓN...
LOS VIEJOS TENEMOS NUESTRAS FORMAS DE SOLUCIONAR LOS PROBLEMAS.
NO ERA AGRADABLE, PERO NO ME IMPEDÍA SEGUIR TATUANDO...
NUESTRA GENERACIÓN NO SE JUBILA...
AL MENOS HASTA QUE TÚ TOMARAS MI LUGAR...
TÚ ADEMÁS HACE DÉCADAS QUE ESTÁS FUERA DEL SERVICIO ACTIVO, ASÍ QUE NO ENTIENDO LO QUE ME PIDES...
PERO SI ESO ES LO QUE QUIERES... NO HACER NADA, LO PODEMOS SOLUCIONAR...
DIGAMOS QUE NO SALIÓ COMO ESPERABA...
Y AHORA NECESITO QUE ME AYUDES.
SIEMPRE DIJO QUE LO DEL TATUAJE Y LA YAKUZA ERA UN MITO, ALGO PROPIO DE LAS PELÍCULAS...
PENSÉ QUE LO HABÍAS SUPUESTO...
NO, SIMPLEMENTE CREÍ LO QUE ME DECÍA...

¿DÓNDE VAS?
SI SE ENCUENTRA BIEN, CREO QUE IRÉ A DAR UNA VUELTA.
NECESITO PENSAR.
LO SIENTO MASARU, PERO ES POR MI ABUELO.
NO QUIERE QUE SIGA CON ESTO...
NO PUEDES DEJAR EL CLUB.
SÉ QUE LO DE LA OTRA NOCHE FUE UNA PUTADA, PERO PROMETO QUE TE LO COMPENSARÉ...
¡ERES UN CUERVO, NACISTE CUERVO!
¡NADIE ABANDONA A LOS BLACK KARASU!

¡NADIE!
NO ME HACE FALTA VERLO.
SÉ QUE ERES UN MAESTRO. YA NO HAY NADA QUE TE PUEDA ENSEÑAR... HORISEIJUN II.
JODER SEIJUN, SE SUPONÍA QUE FUI A TI PARA QUE ME LIBRARAS DE ACABAR EN LA YAKUZA...

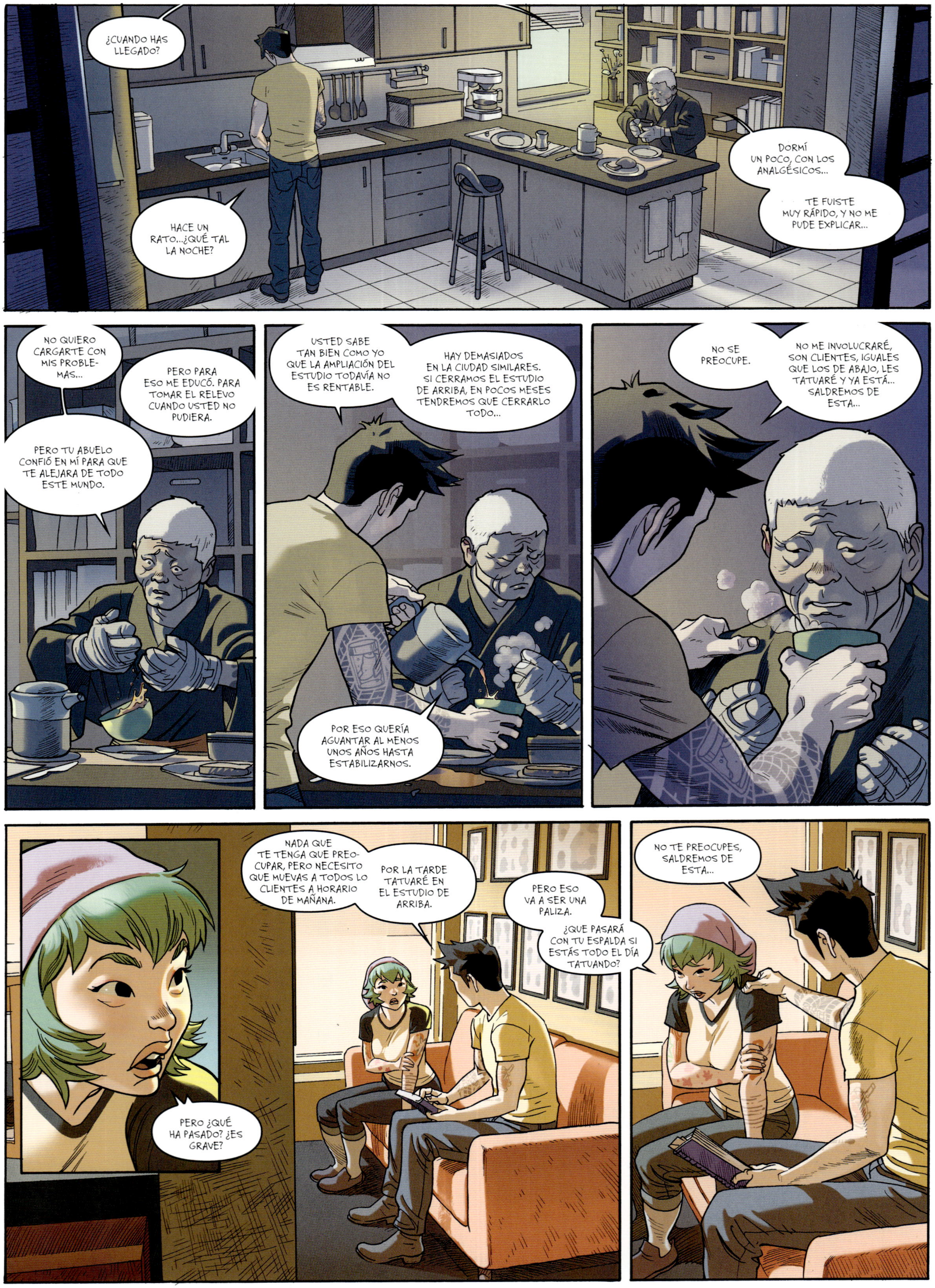
¿CUANDO HAS LLEGADO?
HACE UN RATO...¿QUÉ TAL LA NOCHE?
DORMÍ UN POCO, CON LOS ANALGÉSICOS...
TE FUISTE MUY RÁPIDO, Y NO ME PUDE EXPLICAR...
NO QUIERO CARGARTE CON MIS PROBLE-MAS...
PERO PARA ESO ME EDUCÓ. PARA TOMAR EL RELEVO CUANDO USTED NO PUDIERA.
PERO TU ABUELO CONFIÓ EN MÍ PARA QUE TE ALEJARA DE TODO ESTE MUNDO.
USTED SABE TAN BIEN COMO YO QUE LA AMPLIACIÓN DEL ESTUDIO TODAVÍA NO ES RENTABLE.
HAY DEMASIADOS EN LA CIUDAD SIMILARES. SI CERRAMOS EL ESTUDIO DE ARRIBA, EN POCOS MESES TENDREMOS QUE CERRARLO TODO...
POR ESO QUERÍA AGUANTAR AL MENOS UNOS AÑOS HASTA ESTABILIZARNOS.
NO SE PREOCUPE.
NO ME INVOLUCRARÉ, SON CLIENTES, IGUALES QUE LOS DE ABAJO, LES TATUARÉ Y YA ESTÁ... SALDREMOS DE ESTA...
PERO ¿QUÉ HA PASADO? ¿ES GRAVE?
NADA QUE TE TENGA QUE PREO-CUPAR, PERO NECESITO QUE MUEVAS A TODOS LOS CLIENTES A HORARIO DE MAÑANA.
POR LA TARDE TATUARÉ EN EL ESTUDIO DE ARRIBA.
PERO ESO VA A SER UNA PALIZA.
¿QUE PASARÁ CON TU ESPALDA SI ESTÁS TODO EL DÍA TATUANDO?
NO TE PREOCUPES, SALDREMOS DE ESTA...

NO SÉ COMO VOY A SALIR DE ESTA MIERDA...
LO QUE ME SORPRENDE ES QUE NO LO SUPIERAS.
YO ESTUVE CON VOSOTROS UN PAR DE AÑOS Y ERA EVIDENTE...
ESTO IBA A PASAR TARDE O TEMPRANO.
JODER, VALE, LO SIENTO, FUI IDIOTA, PERO ESO NO ME AYUDA EN NADA...
PERO NO TE ACUERDAS DEL LOCAL QUE SE INSTALÓ EN VUESTRA CALLE...
Y COMO SE QUEMÓ SORPRENDENTEMENTE A LAS POCAS SEMANAS DE ABRIR, ¿QUÉ FUE?...¿MAGIA?
JODER, ESO TAMPOCO AYUDA...
SI AL MENOS TE VINIERAS UNA TEMPORADA Y TE ENCARGARAS DEL LOCAL DE ABAJO.
LO SIENTO YOSHI.
ERES MI MEJOR AMIGO, PERO SI TE METES EN LA YAKUZA YA NO SALES.
NO ME VOY A METER EN LA YAKUZA, LOS VOY A TATUAR, NADA MÁS...
ERES UN INGENUO YOSHI, SÓLO ESPERO QUE ESTA VEZ TENGAS RAZÓN.
SR. YAMAMOTO, COMO YA SABRÁ HE TENIDO UN INCIDENTE QUE ME IMPIDE CONTINUAR CON SU TATUAJE...
PERO MI DISCÍPULO PODRÁ ACABARLO Y NO NOTARÁ DIFERENCIA ALGUNA.
HE VENIDO POR LA AMISTAD QUE NOS UNE HACE AÑOS...
PERO NO VOY A SER EL CONEJO DE INDIAS DE SU APRENDIZ.
SIENTO LA SITUACIÓN CON EL OYABUN...
PERO HASTA QUE NO VEA EL TRABAJO DE ESTE MUCHACHO SOBRE UN MIEMBRO DEL CLAN, NO TOCARÁ MI PIEL...

EN CUALQUIER CASO, LE AGRADECEMOS SU VISITA.
Y ESTE AL MENOS SE HA PRESENTADO, LA MAYORÍA NI DEVUELVEN LAS LLAMADAS...
NO LO ENTIENDO MAESTRO, SI NADIE DE LOS CLANES SE VA A DEJAR TATUAR, ¿CÓMO VOY A CONSEGUIR QUE CONFÍEN EN MI TRABAJO?
ESTO ES COSA DEL OYABUN TAKAYAMA.
NO VA A PONERNOS LAS COSAS FÁCILES.
PERO TRANQUILO, PUEDO LLAMAR A MI HERMANO, PARA QUE NOS AYUDE.
NO SABÍA QUE LE QUEDABA FAMILIA VIVA.
NO ME QUEDA...
Suzibori
SOY SUSUMU NAKAMURA, BUSCO A HORISEIJUN.
ARRIBA... EH, EN EL PISO DE ARRIBA.. EH... PUEDE ENTRAR POR AQUÍ, SI NO LE IMPORTA...

HACÍA LO MENOS DIEZ AÑOS QUE NO SABÍA DE TÍ, SEIJUN.
Y EL MISMO TIEMPO SIN VENIR POR NAGOYA...
DIOS, MENUDA LOCURA HABÉIS CONSTRUIDO EN LA BAHÍA...
SE OS ESTÁ YENDO DE LAS MANOS... Y NO VA A TERMINAR BIEN...
SABES CHICO... YO FUÍ EL PRIMERO AL QUE TATUÓ TU MAESTRO...
ASÍ QUE ME GUSTÓ LA IDEA DE SER TAMBIÉN TU PRIMER CLIENTE.
¿QUIERE ALGÚN MOTIVO EN CONCRETO...?
NO... ALGO CLÁSICO, ESTOY DEMASIADO MAYOR PARA EXPERIMENTOS.
QUE SE NOTE TODO TU TALENTO...
DICE QUE LE HIZO SU PRIMER TATUAJE...
¿DÓNDE CONOCIÓ A HORISEIJUN?
LÓGICA-MENTE EN LA CARCEL.
237.
704.
EN AQUEL LUGAR NO ÉRAMOS MÁS QUE NÚMEROS...
LA INTENCIÓN EN PRISIÓN ES BORRAR CUAL-QUIER INDIVIDUALIDAD, QUE TE SIENTAS PARTE DEL ENGRANAJE.
MUY EN LA VIEJA TRADICIÓN JAPONESA, LO QUE PARA UN YAKUZA ES EL DÍA A DÍA.
303
¡JA! AUTÉNTICAS VACACIONES...

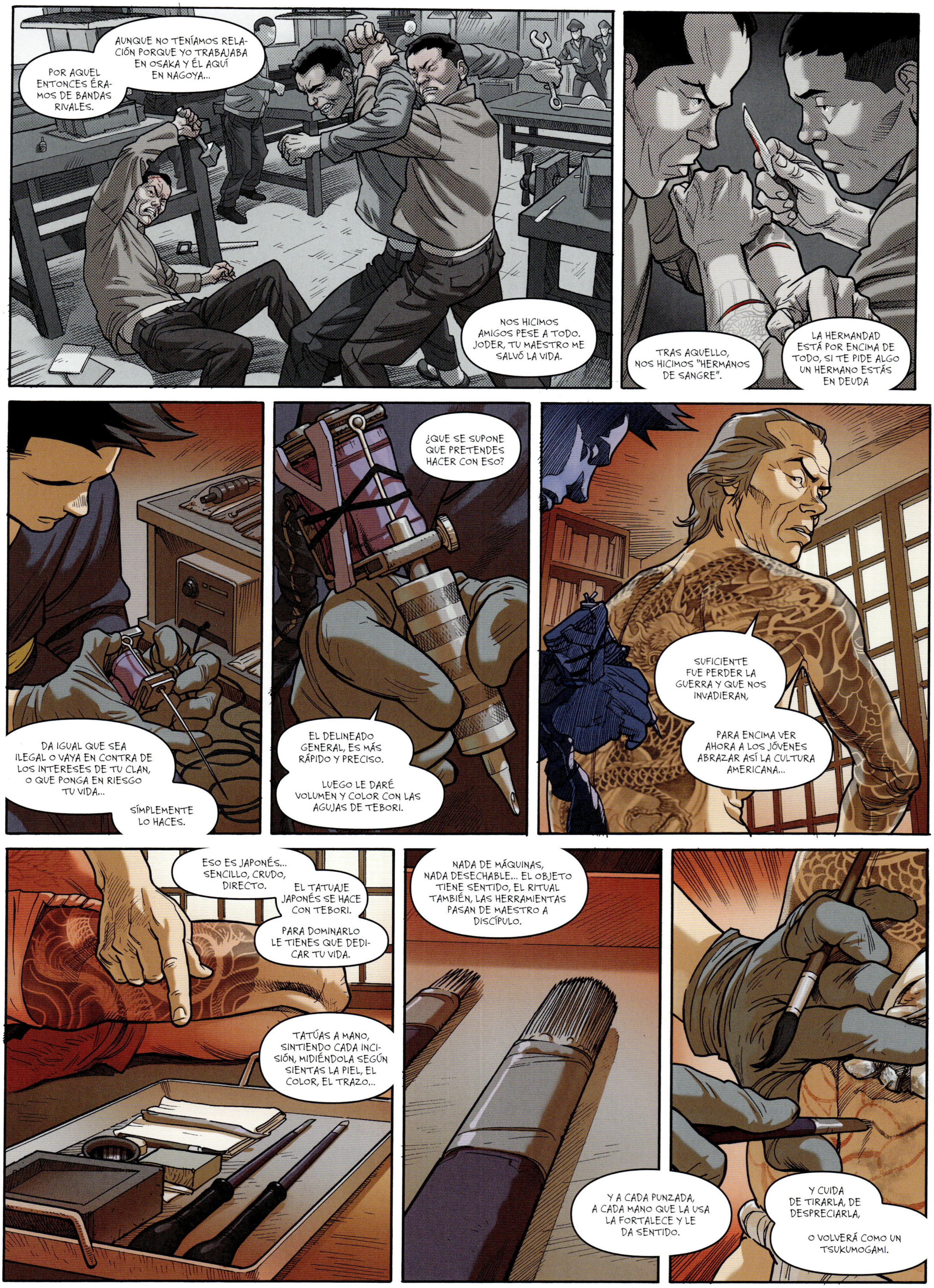
POR AQUEL ENTONCES ÉRAMOS DE BANDAS RIVALES.
AUNQUE NO TENÍAMOS RELACIÓN PORQUE YO TRABAJABA EN OSAKA Y ÉL AQUÍ EN NAGOYA...
NOS HICIMOS AMIGOS PESE A TODO. JODER, TU MAESTRO ME SALVÓ LA VIDA.
TRAS AQUELLO, NOS HICIMOS "HERMANOS DE SANGRE".
LA HERMANDAD ESTÁ POR ENCIMA DE TODO, SI TE PIDE ALGO UN HERMANO ESTÁS EN DEUDA
DA IGUAL QUE SEA ILEGAL O VAYA EN CONTRA DE LOS INTERESES DE TU CLAN, O QUE PONGA EN RIESGO TU VIDA...
SIMPLEMENTE LO HACES.
¿QUE SE SUPONE QUE PRETENDES HACER CON ESO?
EL DELINEADO GENERAL, ES MÁS RÁPIDO Y PRECISO.
LUEGO LE DARÉ VOLUMEN Y COLOR CON LAS AGUJAS DE TEBORI.
SUFICIENTE FUE PERDER LA GUERRA Y QUE NOS INVADIERAN,
PARA ENCIMA VER AHORA A LOS JÓVENES ABRAZAR ASÍ LA CULTURA AMERICANA...
ESO ES JAPONÉS... SENCILLO, CRUDO, DIRECTO.
EL TATUAJE JAPONÉS SE HACE CON TEBORI.
PARA DOMINARLO LE TIENES QUE DEDICAR TU VIDA.
TATÚAS A MANO, SINTIENDO CADA INCISIÓN, MIDIÉNDOLA SEGÚN SIENTAS LA PIEL, EL COLOR, EL TRAZO...
NADA DE MÁQUINAS, NADA DESECHABLE... EL OBJETO TIENE SENTIDO, EL RITUAL TAMBIÉN, LAS HERRAMIENTAS PASAN DE MAESTRO A DISCÍPULO.
Y A CADA PUNZADA, A CADA MANO QUE LA USA LA FORTALECE Y LE DA SENTIDO.
Y CUIDA DE TIRARLA, DE DESPRECIARLA,
O VOLVERÁ COMO UN TSUKUMOGAMI.

UN MAESTRO NO SÓLO ESTÁ EN LA MANO, ESTÁ EN LA CABEZA.
SABE EL SENTIDO DE TODO, DEL RITUAL, DEL GESTO...
TODO EN JAPÓN ES KABUKI, NO LO OLVIDES.
SI ENTIENDES TODO ESO NO TE DEBERÍA FALTAR TRABAJO...
ESTE OFICIO, ASÍ, COMO LO ENTENDÉIS CON SU CEREMONIA, CON SUS RITOS, EL DOLOR, LA PACIENCIA Y EL AGUANTE... ES PURAMENTE SAMURAI...
Y QUIEN SI NO LA YAKUZA MANTIENE ESE ESPÍRITU INTACTO...
LAMENTABLEMENTE VIVIMOS EN UN TIEMPO COMPLICADO.
EN EL QUE TODO ES DESECHABLE....
ASÍ QUE LA TENDENCIA NATURAL DE NUESTRA ESPECIE ES EXTINGUIRSE...
DISFRUTA MIENTRAS DURE...

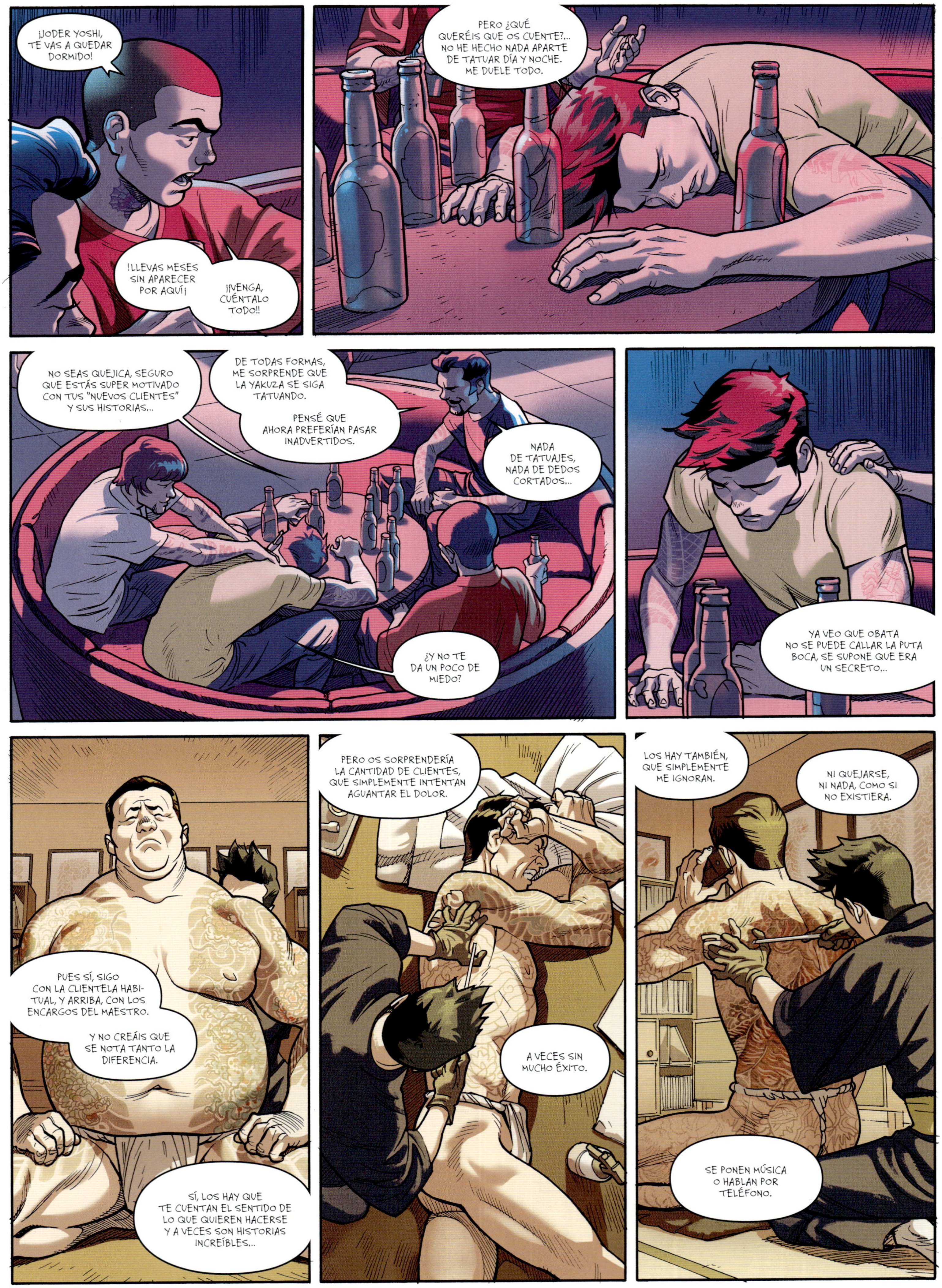
¡JODER YOSHI, TE VAS A QUEDAR DORMIDO!
!LLEVAS MESES SIN APARECER POR AQUÍ¡
¡¡VENGA, CUÉNTALO TODO!!
PERO ¿QUÉ QUERÉIS QUE OS CUENTE?... NO HE HECHO NADA APARTE DE TATUAR DÍA Y NOCHE. ME DUELE TODO.
NO SEAS QUEJICA, SEGURO QUE ESTÁS SUPER MOTIVADO CON TUS "NUEVOS CLIENTES" Y SUS HISTORIAS...
DE TODAS FORMAS, ME SORPRENDE QUE LA YAKUZA SE SIGA TATUANDO.
PENSÉ QUE AHORA PREFERÍAN PASAR INADVERTIDOS.
NADA DE TATUAJES, NADA DE DEDOS CORTADOS...
¿Y NO TE DA UN POCO DE MIEDO?
YA VEO QUE OBATA NO SE PUEDE CALLAR LA PUTA BOCA, SE SUPONE QUE ERA UN SECRETO...
PUES SÍ, SIGO CON LA CLIENTELA HABITUAL, Y ARRIBA, CON LOS ENCARGOS DEL MAESTRO.
Y NO CREÁIS QUE SE NOTA TANTO LA DIFERENCIA.
SÍ, LOS HAY QUE TE CUENTAN EL SENTIDO DE LO QUE QUIEREN HACERSE Y A VECES SON HISTORIAS INCREÍBLES...
PERO OS SORPRENDERÍA LA CANTIDAD DE CLIENTES, QUE SIMPLEMENTE INTENTAN AGUANTAR EL DOLOR.
A VECES SIN MUCHO ÉXITO.
LOS HAY TAMBIÉN, QUE SIMPLEMENTE ME IGNORAN.
NI QUEJARSE, NI NADA, COMO SI NO EXISTIERA.
SE PONEN MÚSICA O HABLAN POR TELÉFONO.

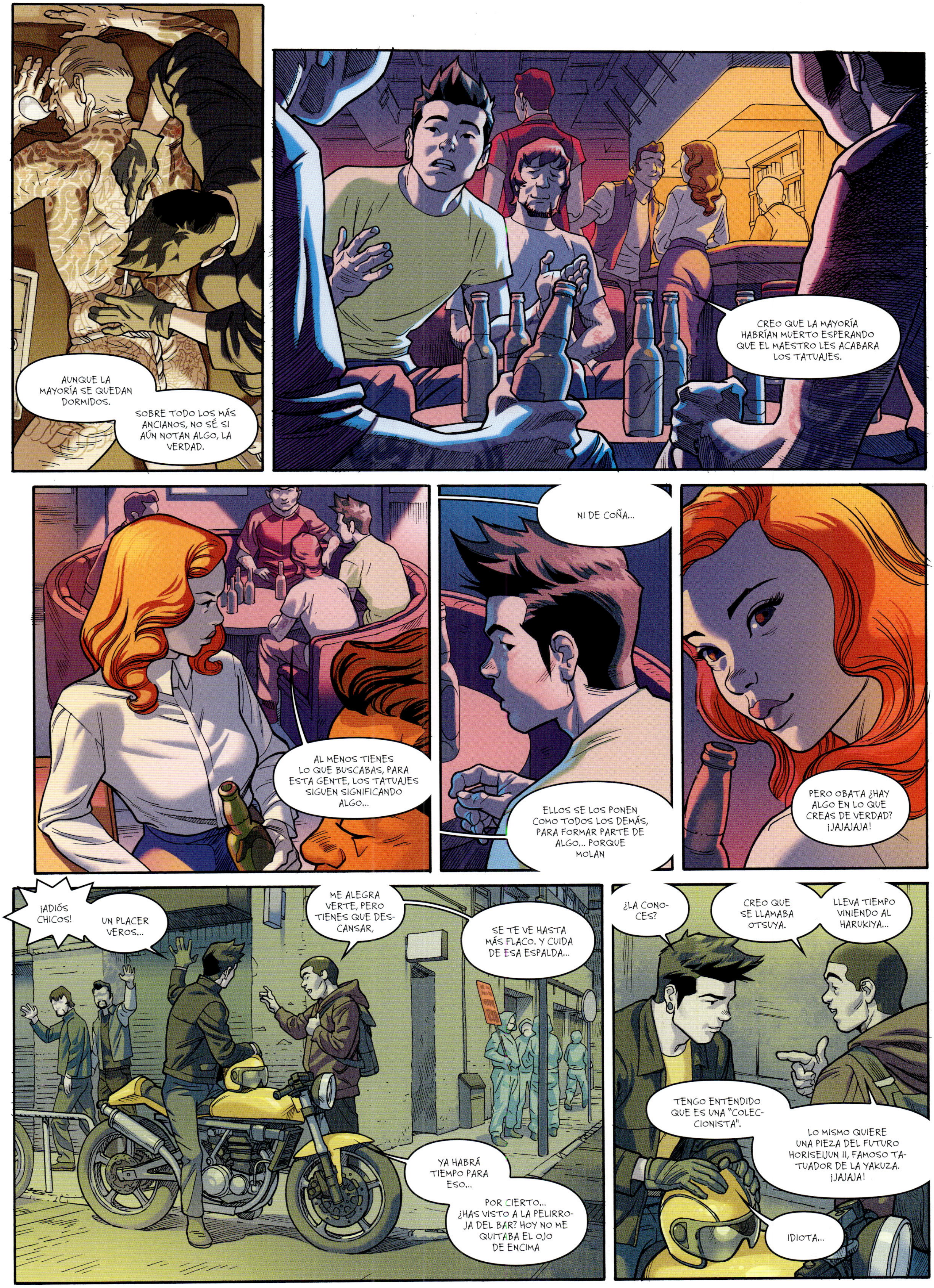
AUNQUE LA MAYORÍA SE QUEDAN DORMIDOS.
SOBRE TODO LOS MÁS ANCIANOS, NO SÉ SI AÚN NOTAN ALGO, LA VERDAD.
CREO QUE LA MAYORÍA HABRÍAN MUERTO ESPERANDO QUE EL MAESTRO LES ACABARA LOS TATUAJES.
AL MENOS TIENES LO QUE BUSCABAS, PARA ESTA GENTE, LOS TATUAJES SIGUEN SIGNIFICANDO ALGO...
NI DE COÑA...
ELLOS SE LOS PONEN COMO TODOS LOS DEMÁS, PARA FORMAR PARTE DE ALGO... PORQUE MOLAN
PERO OBATA ¿HAY ALGO EN LO QUE CREAS DE VERDAD? ¡JAJAJAJA!
¡ADIÓS CHICOS!
UN PLACER VEROS...
ME ALEGRA VERTE, PERO TIENES QUE DESCANSAR,
SE TE VE HASTA MÁS FLACO. Y CUIDA DE ESA ESPALDA...
YA HABRÁ TIEMPO PARA ESO...
POR CIERTO... ¿HAS VISTO A LA PELIRROJA DEL BAR? HOY NO ME QUITABA EL OJO DE ENCIMA
¿LA CONOCES?
CREO QUE SE LLAMABA OTSUYA.
LLEVA TIEMPO VINIENDO AL HARUKIYA...
TENGO ENTENDIDO QUE ES UNA "COLECCIONISTA".
LO MISMO QUIERE UNA PIEZA DEL FUTURO HORISEIJUN II, FAMOSO TATUADOR DE LA YAKUZA. ¡JAJAJA!
IDIOTA...

EL CASO ES QUE ALLÍ ESTABA, Y NO ME QUEDÓ MÁS REMEDIO QUE RESPONDER.
AFUERA ESTABA "PETADO DE PASMA".
PERO LLEVABA A MIS DOS AMIGAS.
ASÍ QUE LES MARQUÉ UNA RÁFAGA...
¡RATATA TATA!
Y ENTONCES MI COLEGA APARECE CON EL COCHE ROBADO...
¡QUÉ HIJOPUTA, SE MARCÓ UN DERRAPE CON LA PUERTA ABIERTA! ASÍ QUE SALTÉ DENTRO...
CUANDO ME DI CUENTA YA ÍBAMOS POR LA AUTOPISTA, PERO MEDIA DOCENA DE IDIOTAS SE NOS HABÍAN PEGADO AL CULO.
Y ENTONCES UNO DE ESOS CABRONES ME CONSIGUIÓ DAR, NI ME ENTERÉ HASTA EL DÍA SIGUIENTE. LA VERDAD ES QUE IBA MUY PUESTO.
¡RATATA TATA!
DESDE ENTONCES TODO EL MUNDO ME LLAMA UZI.
LLEVABA MUCHO TIEMPO TRAS HORISEIJUN.
NO PUEDES SER EL SHATEIGASHIRA Y NO TENER COMPLETO TU "TRAJE DE TATUAJE".
BUENO, PUES YA HEMOS TERMINADO, ESPERO SEA DE SU AGRADO...

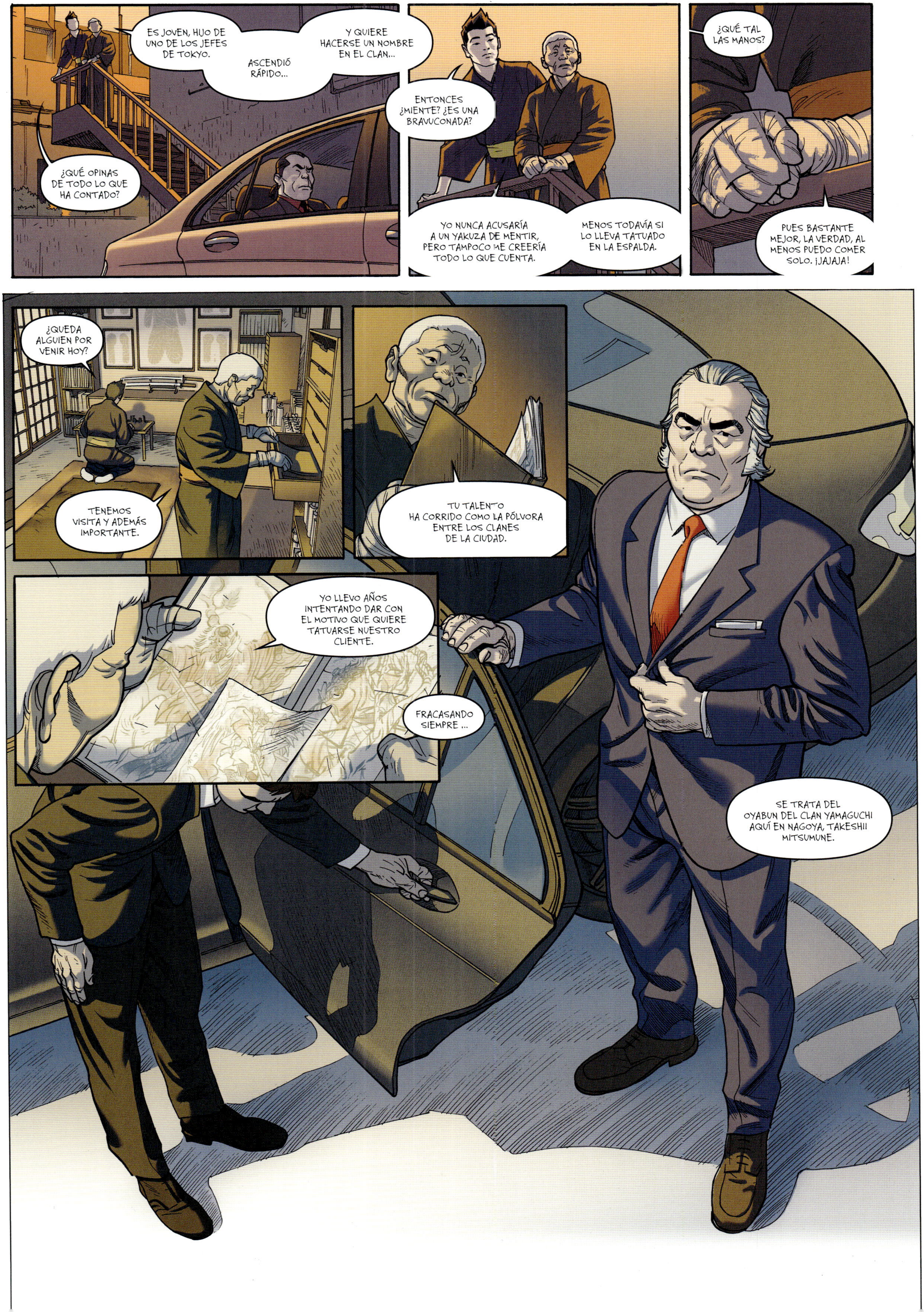
¿QUÉ OPINAS DE TODO LO QUE HA CONTADO?
ES JOVEN, HIJO DE UNO DE LOS JEFES DE TOKYO.
ASCENDIÓ RÁPIDO...
Y QUIERE HACERSE UN NOMBRE EN EL CLAN...
ENTONCES ¿MIENTE? ¿ES UNA BRAVUCONADA?
YO NUNCA ACUSARÍA A UN YAKUZA DE MENTIR, PERO TAMPOCO ME CREERÍA TODO LO QUE CUENTA.
MENOS TODAVÍA SI LO LLEVA TATUADO EN LA ESPALDA.
¿QUÉ TAL LAS MANOS?
PUES BASTANTE MEJOR, LA VERDAD, AL MENOS PUEDO COMER SOLO. ¡JAJAJA!
¿QUEDA ALGUIEN POR VENIR HOY?
TENEMOS VISITA Y ADEMÁS IMPORTANTE.
TU TALENTO HA CORRIDO COMO LA PÓLVORA ENTRE LOS CLANES DE LA CIUDAD.
YO LLEVO AÑOS INTENTANDO DAR CON EL MOTIVO QUE QUIERE TATUARSE NUESTRO CLIENTE.
FRACASANDO SIEMPRE ...
SE TRATA DEL OYABUN DEL CLAN YAMAGUCHI AQUÍ EN NAGOYA, TAKESHII MITSUMUNE.

LA VERDAD ES QUE YA HABÍA DESISTIDO...
PERO HE VISTO EL TRABAJO QUE HAS HECHO EN ALGUNO DE MIS CHICOS Y TRAS LA INSISTENCIA DE TU MAESTRO HE DECIDIDO SACAR UN RATO PARA VENIR.
SOY VIEJO, Y SOY DEL NORTE, ASÍ QUE ME CRIÉ SALVAJE.
DE NIÑO APRENDÍ A CAZAR, A SOBREVIVIR EN EL BOSQUE, PERO SOBRE TODO A AMAR LA NATURALEZA.
VOSOTROS, LOS JÓVENES YA NI OS LO PODÉIS IMAGINAR.
PERO ESTE PAÍS NACIÓ Y CRECIÓ SABIENDO RESPETAR Y TEMER LA NATURALEZA.
DEBÍA TENER TU EDAD.
ACABABA DE ASCENDER A KYODAI Y QUERÍA IMPRESIONAR AL OYABUN.
ÉL SABÍA QUE ERA SU MEJOR JINETE, Y QUE HABÍA PRACTICADO YABUSAME.
ASÍ QUE ME ELIGIÓ PARA UNA CACERÍA EN HONOR DEL MINISTRO DE MEDIO AMBIENTE.
AQUEL TIPO ERA LA PIEZA CLAVE PARA HACERNOS CON UNOS TERRENOS PROTEGIDOS.
ERA LA ÉPOCA ANTERIOR A LA BURBUJA Y ESE TIPO DE NEGOCIOS ERA NUESTRA PRIORIDAD.
AQUELLA ERA MI OPORTUNIDAD.

ME DUE, CAZARÉ A ESE CIERVO, AUNQUE SEA LO ÚLTIMO QUE HAGA...
PERO AQUELLA PRESA ERA REALMENTE RÁPIDA, MIS COMPAÑEROS NI SE ACERCABAN.
YO LE DI, SÓLO UN ROCE, PERO ME ANIMÓ PARA ESFORZARME MÁS..
PERO LA NIEVE ESTABA BLANDA Y LOS CABALLOS NO HACÍA BUEN PIE, ASÍ QUE EL CERVATILLO PRONTO COGIÓ DISTANCIA, ESCAPANDO AL BOSQUE.
LOS POLÍTICOS SON ASÍ, NO LES GUSTAN LAS DIFICULTADES, AQUELLO SE HABÍA VUELTO UNA CACERÍA DE VERDAD. Y PRONTO SE QUEDÓ ATRÁS.
EL BOSQUE ERA DENSO, ASÍ QUE ERA ABSURDO INTENTAR ACERCARSE A CABALLO.
AL MENOS PARECÍA QUE MI FLECHA HABÍA SIDO MÁS PRECISA DE LO PENSADO Y EL ANIMAL SANGRABA...
LO SUFICIENTE PARA PODER SEGUIR SU RASTRO Y BRINDAR LA PRESA AL MINISTRO.

Y ENTONCES APARECIÓ.
TRAS EL PRIMER ESPESOR, EL BOSQUE SE ABRÍA UN POCO Y ALLÍ EN EL CLARO ESTABA "LO IMPOSIBLE".
AL PRINCIPIO SOLO DISTINGUÍ UNOS OJOS ROJOS Y LA NEGRURA...
... AQUELLO ERA NEGRO Y DENSO COMO LA NOCHE...
PRONTO, VI LAS ALAS Y LO QUE ME PARECIÓ TAL VEZ UNA ESPECIE DE PICO...
LAS VIEJAS LEYENDAS NOS ADVERTÍAN DE LOS LÍMITES; EN LOS LÍMITES APARECÍAN LOS YOKAI, PARA ADVERTIRNOS, PARA RECORDAR AL HOMBRE CUAL ES SU SITIO.
PERO AQUELLO NO ERA UN TENGU,
AL MENOS NO SEGÚN DICE LA TRADICIÓN. DEBERÍA SERLO, PERO NO LO ERA...
QUEDAMOS PARALIZADOS Y CUANDO NOS DIMOS CUENT...
¡¡RIIIIIINNNNNGGGGG!!!

NO... LA OPERACIÓN DEL PUERTO ES PRIO-RITARIA.
NO LA VAN A FASTIDIAR UNOS MANI-FESTANTES, MASARU.
MUEVE A TU GENTE, AHORA VOY PARA ALLÁ...
LO SIENTO HORISEIJUN, PERO YA SABE COMO ES ESTE TRABAJO, ME RECLAMAN...
AH... ES VERDAD EL DIBUJO...
A VER COMO HA QUEDA...
MUY BIEN. SEGUIREMOS EL PRÓXIMO DÍA.
LE AGRADECEMOS SU VISITA.
LO HAS CONSEGUI-DO...
LO CREAS O NO, SE HA IDO IMPRE-SIONADO
PENSABA QUE ERA IMPOSIBLE PLASMAR LO QUE LLEVABA EN LA CABEZA.
YO TAMBIÉN. SIMPLEMENTE, DE PRONTO, LO VI...
DEBERÍAMOS HABER SACADO UNA FOTO, ANTES DE QUE SE FUERA.
NO TE PREOCUPES, SERÁ DIFICIL OLVI-DARLO...
¿QUÉ OPINAS, DE VERDAD CREES QUE VIÓ ALGO EN AQUEL BOSQUE?
SON DEMASIADOS AÑOS, ÉL VIÓ ALGO...NO ME CABE DUDA... AUNQUE ESO NO ES LO PEOR QUE PASÓ AQUEL DÍA...
¿QUE MÁS PASÓ?...

¡NO, NO ASÍ NO!
U.S.M.C.
ME TEMO QUE ENTONCES NO ENTIENDO QUE ES LO QUE QUIERE, PERDÓN.
ASÍ, LO QUIERO ASÍ, COMO ESTE.
ENTONCES, NO QUIERE UN DISEÑO ORIGINAL, QUIERE QUE COPIE EXACTAMENTE ESTO..
SÍ, CLARO.
¡Y YO IGUAL!
DÉJEME UN MOMENTO QUE HAGA UNAS PLANTILLAS Y AHORA EMPEZAMOS.
¡WUUUOOOHH! ¡¡TATUAJE YAKUZA!!
¡YAKUZA, YAKUZA!
LE IMPORTA, SI LES HAGO UNAS PREGUNTAS PARA LA ENCUESTA...
¿CÓMO CONOCIERON NUESTRO LOCAL?
¡YAKUZA, YAKUZA!
¿VIERON LA PÁGINA WEB, CONOCÍAN AL MAESTRO HORISEIJUN?
¿HORI-QUÉ?... NO, NO. ¡¡¡ESTABA CERCA DEL HOTEL!!!!

¡¡¡SALVEMOS LA BAHÍA DE ISE!!! ¡¡¡SE ESTÁ EN PELIGRO!!!
¡¡¡ES CULPA DE LAS MULTINACIONALES!!! ¡¡¡PROVOCARÁN UN DESASTRE!!!
YA SE HAN IDO ESOS IDIOTAS.
¿QUÉ HACES?
VIENDO LA QUE SE HA MONTADO EN EL PUERTO CON ESE GRUPO DE MANIFESTANTES RADICALES...
LES HAN DADO UNA BUENA PALIZA.
TENEMOS UN CLIENTE ESPERANDO.
LLEVA DESDE ANTES DE LOS AMERICANOS.
NO TIENE CITA, PERO DICE QUE ESTÁ MUY INTERESADO EN VERTE...
Y ES MUY GUAPO.
TENGO CITA ARRIBA EN UN PAR DE HORAS.
NO SÉ SI ME VA A DAR MUCHO TIEMPO...
PERO SI LLEVA TANTO ESPERANDO... ¡VAMOS!
EN PRINCIPIO SI QUIERE,
LO QUE PODEMOS HACER HOY ES VER QUE ES LO QUE BUSCA Y DARLE CITA PARA OTRO DÍA.
¿QUÉ TAL YOSHI?...
¡MASARU!
SIENTO HABER APARECIDO ASÍ.
PERO DESDE QUE SUPE QUE HABÍAS TOMADO EL RELEVO DEL MAESTRO TENÍA GANAS DE VERTE.
¿LLEVAS MUCHO VINIENDO A VER A HORISEIJUN?

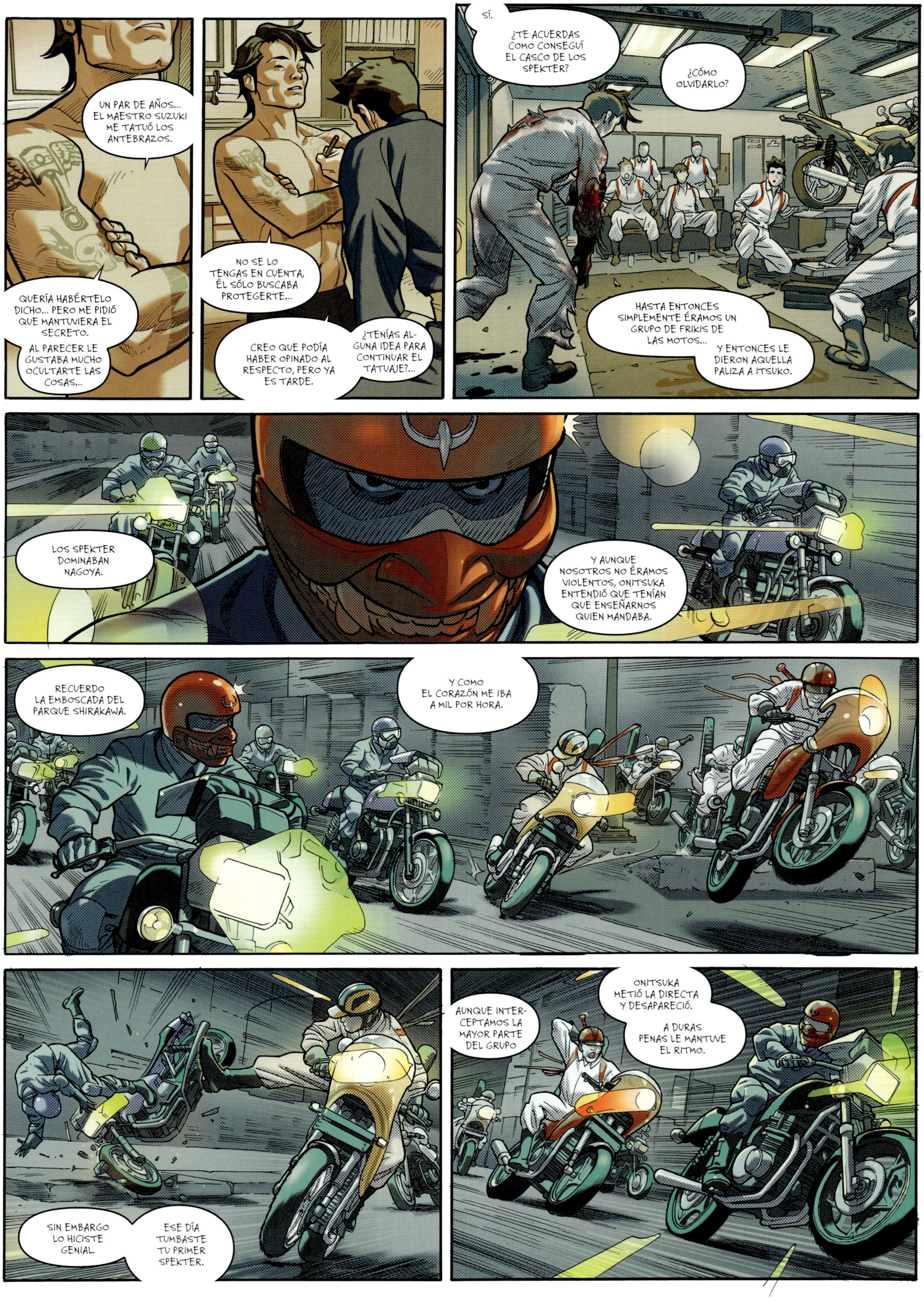
UN PAR DE AÑOS... EL MAESTRO SUZUKI ME TATUÓ LOS ANTEBRAZOS.
QUERÍA HABÉRTELO DICHO... PERO ME PIDIÓ QUE MANTUVIERA EL SECRETO.
AL PARECER LE GUSTABA MUCHO OCULTARTE LAS COSAS...
NO SE LO TENGAS EN CUENTA, ÉL SÓLO BUSCABA PROTEGERTE...
CREO QUE PODÍA HABER OPINADO AL RESPECTO, PERO YA ES TARDE.
¿TENÍAS ALGUNA IDEA PARA CONTINUAR EL TATUAJE?...
SÍ.
¿TE ACUERDAS COMO CONSEGUÍ EL CASCO DE LOS SPEKTER?
¿CÓMO OLVIDARLO?
HASTA ENTONCES SIMPLEMENTE ÉRAMOS UN GRUPO DE FRIKIS DE LAS MOTOS...
Y ENTONCES LE DIERON AQUELLA PALIZA A ITSUKO.
LOS SPEKTER DOMINABAN NAGOYA.
Y AUNQUE NOSOTROS NO ÉRAMOS VIOLENTOS, ONITSUKA ENTENDIÓ QUE TENÍAN QUE ENSEÑARNOS QUIEN MANDABA.
RECUERDO LA EMBOSCADA DEL PARQUE SHIRAKAWA.
Y COMO EL CORAZÓN ME IBA A MIL POR HORA.
SIN EMBARGO LO HICISTE GENIAL.
ESE DÍA TUMBASTE TU PRIMER SPEKTER.
AUNQUE INTERCEPTAMOS LA MAYOR PARTE DEL GRUPO
ONITSUKA METIÓ LA DIRECTA Y DESAPARECIÓ.
A DURAS PENAS LE MANTUVE EL RITMO.

HABÍA COGIDO MI BATE DE LOS DRAGONS.
SIN SABER SI LO IBA A USAR, PERO AL LLEGA A SU ALTURA LO TUVE CLARO.
Y ASÍ CONSEGUÍ NUESTRO PRECIADO TROFEO...
E INICIAR NUESTRA GUERRA PERSONAL.
QUE AL FINAL ACABÓ CON EL CLUB...
LO SÉ, NO CREAS QUE NO ME ARREPIENTO... PERO YA ES TARDE, ¿NO?
¿QUÉ TE PARECE? LO HE HECHO DE MEMORIA...
JODER, ES PERFECTO.
SE ME HACE RARO SALIR POR AQUÍ.
BUENO, YA NO HAY MUCHO QUE OCULTAR.
JODER, LA KAWASAKI NINJA, SERÁS CABRÓN...
LA VERDAD ES QUE EN EL CLAN SE HACE DINERO, NO LO NIEGO...
PERO PENSABA QUE ERAIS MÁS DE LIMUSINAS.
NO TE CREAS QUE LE GUSTA MUCHO AL OYABUN TAKESHII, PERO SUPONGO QUE SIEMPRE SERÉ UN BOSOZUKU...
BUENO YOSHI, TE VEO EN UN PAR DE SEMANAS.
¿QUÉ? ¿AL FINAL NO ME VAS A CONTAR QUIEN ES ÉL?
PUES CREO QUE ÉL SERÍA YO, SI NO HUBIERA CONOCIDO AL MAESTRO...
IMPOSIBLE, ÉL ES BASTANTE MÁS GUAPO. ¡JAJA!

¿DÓNDE NOS HABÍAMOS QUEDADO?
AHH... SÍ. ACABA DE APARECER "AQUELLO"
Y ERA RARO.
POR UN MOMENTO FUE COMO SI EL TIEMPO SE PARARA.
EL RESTO LO RECUERDO CASI COMO UN SUEÑO...
NO SÉ SI LLEVÁBAMOS MUCHO O POCO ALLÍ PLANTADOS...
Y APARECIÓ EL MINISTRO.
¿QUÉ DEMONIOS PASA AQUÍ? ¡NO PUEDE SER TAN DIFÍCIL CAZAR UN MALDITO CIERVO!
¿PERO QUÉ...?
AQUEL IDIOTA INSTINTIVAMENTE SACÓ UN REVÓLVER Y APUNTÓ A ESA COSA...
ENTONCES SENTÍ COMO SE ABALANZABA SOBRE NOSOTROS, INMENSO...
Y ESCUCHÉ EL DISPARO.

FUE COMO SI EL RUIDO ME SACARA DEL TRANCE.
NO SÉ SI FUE UN DISPARO O VARIOS, NI CUANTO ESTUVE PARALIZADO.
PERO AL VOLVER A SER CONSCIENTE, TODOS ESTABAN MUERTOS Y EL MINISTRO DESAPARECIDO.
HICE LO QUE PUDE POR MIS COMPAÑEROS.
PERO ERA TARDE, AL CABO DE UN RATO LLEGARON REFUERZOS, AUNQUE YA NO SERVÍAN DE MUCHO.
TODAVÍA ME PREGUNTO,
¿POR QUÉ AQUELLA COSA ME DEJÓ CON VIDA?
LÓGICAMENTE EN EL CLAN NO ESTABAN MUY CONTENTOS CONMIGO.
SUERTE QUE EL OYABUN ERA NORTEÑO,
CURTIDO EN LOS MISTERIOS DEL BOSQUE Y CREYÓ MI HISTORIA...
ASÍ AQUELLO SÓLO ME COSTÓ UN DEDO.
¡¡RIIIIIINNNNNGGGGG!!!
NO, NO, HAY QUE ASEGURARSE QUE ESTÉ DE NUESTRA PARTE EN LA VOTACIÓN.
QUE SE ENCARGUE UZI. QUE LE DEN LA "GRAN VIDA" AL CONCEJAL.

PARECE QUE HOY TUS AMIGOS TE HAN ABANDONADO.
EH... SÍ. NO ME PUDE ESCAPAR A TIEMPO.
Y CUANDO LLEGUÉ YA ERA TARDE.
CREO QUE NO NOS HAN PRESENTADO. SOY OTSUYA, ENCANTADA.
EH...MI NOMBRE ES... YOSHI.
ME DIJO OBATA QUE HABÍAS SIDO SU MAESTRO.
SÍ, HACE YA SIGLOS DE ESO.
NO SÉ QUIEN ENSEÑÓ MÁS A QUIEN, LA VERDAD...
¿EL TATUAJE DE TU BRAZO ES DEL PROPIO OBATA NO?
SÍ, ME LO HIZO AL DEJAR EL ESTUDIO.
LA IDEA ERA RELACIONAR LA TRADICIÓN AMERICANA CON LA JAPONESA, REPRESENTAR UN POCO NUESTRO TRABAJO A CAMINO DE DOS MUNDOS.
TU MEDIA MANGA SI QUE ES UNA OBRA DE ARTE...
¿TIENE ALGÚN SENTIDO?
PUES LA VERDAD ES QUE NO. ODIO LA GENTE QUE SE HACE TATUAJES PARA PODER CONTAR SU HISTORIA...
MIS TATUAJES ESTÁN AQUÍ Y UN POCO MÁS ABAJO, ESCONDIDA, ESTOY YO...
SI ME QUIERES CONOCER, TE TOCA PROFUNDIZAR.

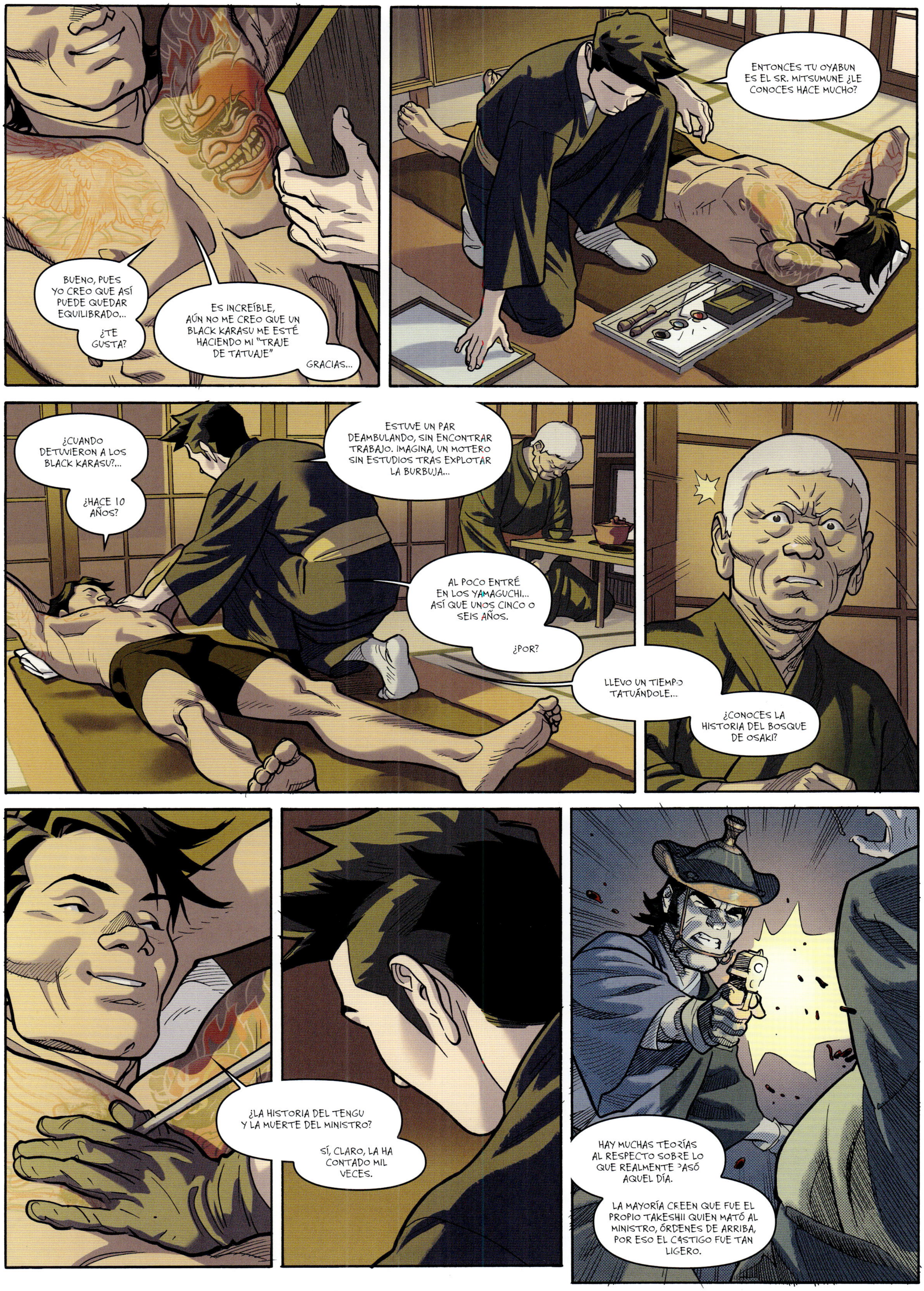
BUENO, PUES YO CREO QUE ASÍ PUEDE QUEDAR EQUILIBRADO...
¿TE GUSTA?
ES INCREÍBLE, AÚN NO ME CREO QUE UN BLACK KARASU ME ESTÉ HACIENDO MI "TRAJE DE TATUAJE"
GRACIAS...
ENTONCES TU OYABUN ES EL SR. MITSUMUNE ¿LE CONOCES HACE MUCHO?
¿CUANDO DETUVIERON A LOS BLACK KARASU?...
¿HACE 10 AÑOS?
ESTUVE UN PAR DEAMBULANDO, SIN ENCONTRAR TRABAJO. IMAGINA, UN MOTERO SIN ESTUDIOS TRAS EXPLOTAR LA BURBUJA...
AL POCO ENTRÉ EN LOS YAMAGUCHI... ASÍ QUE UNOS CINCO O SEIS AÑOS.
¿POR?
LLEVO UN TIEMPO TATUÁNDOLE...
¿CONOCES LA HISTORIA DEL BOSQUE DE OSAKI?
¿LA HISTORIA DEL TENGU Y LA MUERTE DEL MINISTRO?
SÍ, CLARO, LA HA CONTADO MIL VECES.
HAY MUCHAS TEORÍAS AL RESPECTO SOBRE LO QUE REALMENTE PASÓ AQUEL DÍA.
LA MAYORÍA CREEN QUE FUE EL PROPIO TAKESHII QUIEN MATÓ AL MINISTRO, ÓRDENES DE ARRIBA, POR ESO EL CASTIGO FUE TAN LIGERO.

OTROS DICEN QUE FUE COSA DEL CLAN YAMAMOTO, QUE TENÍA INTERESES EN LA MISMA ZONA.
PERO HAY HISTORIAS PARA TODOS.
HAY QUIEN CREE QUE FUE UN AGENTE EXTRANJERO.
LOS AMERICANOS Y SU PSICÓPATA POLÍTICA INTERNACIONAL...
LOS HAY INCLUSO QUE CREEN QUE FUERON LOS ALIENÍGENAS...
A FIN DE CUENTAS EL CUERPO DEL MINISTRO NUNCA APARECIÓ.
SI ME PREGUNTAS A MÍ, RESPETO DEMASIADO AL OYABUN PARA PONERLE EN DUDA.
Y ME GUSTARÍA QUE TODAVÍA HUBIERA HUECO EN ESTE MUNDO PARA COSAS COMO LAS QUE VIO ÉL EN EL BOSQUE.
GRACIAS POR SU VISITA.
LE ESPERAMOS DE VUELTA PRONTO.
¡AY!
¿PERO QUÉ PASA?
DE VERDAD, ¿NO TE HE ENSE-ÑADO NADA?
LO QUE SE DICE AQUÍ SE QUEDA EN ESTA HABITACIÓN, NO SE HABLA DE UN CLIENTE A OTRO.
Y MENOS SE CUESTIONA AL OYABUN FRENTE A UN MIEMBRO DEL CLAN...
NO JUEGUES CON FUEGO YOSHI...

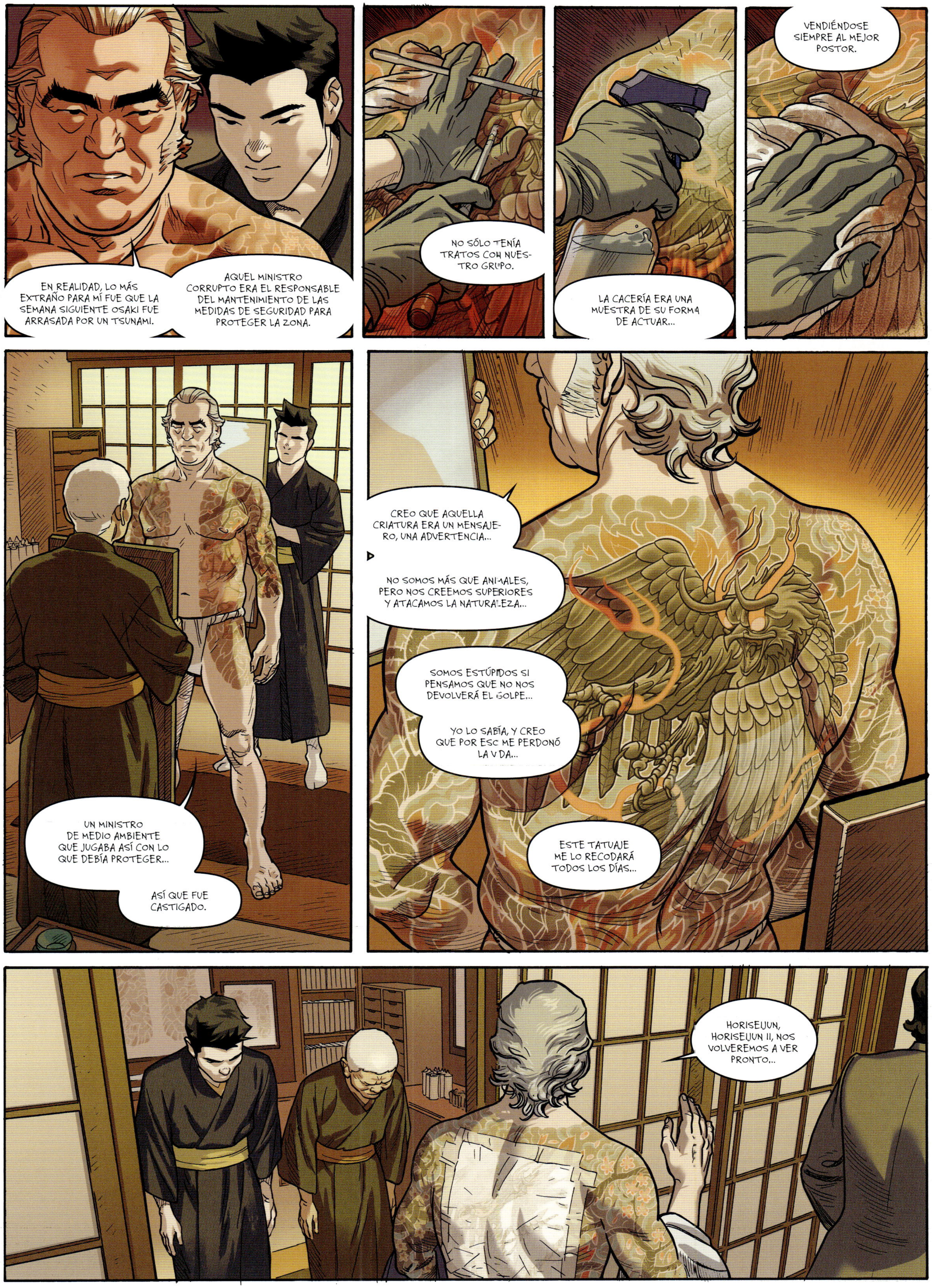
EN REALIDAD, LO MÁS EXTRAÑO PARA MÍ FUE QUE LA SEMANA SIGUIENTE OSAKI FUE ARRASADA POR UN TSUNAMI.
AQUEL MINISTRO CORRUPTO ERA EL RESPONSABLE DEL MANTENIMIENTO DE LAS MEDIDAS DE SEGURIDAD PARA PROTEGER LA ZONA.
NO SÓLO TENÍA TRATOS CON NUES-TRO GRUPO.
LA CACERÍA ERA UNA MUESTRA DE SU FORMA DE ACTUAR...
VENDIÉNDOSE SIEMPRE AL MEJOR POSTOR.
UN MINISTRO DE MEDIO AMBIENTE QUE JUGABA ASÍ CON LO QUE DEBÍA PROTEGER...
ASÍ QUE FUE CASTIGADO.
CREO QUE AQUELLA CRIATURA ERA UN MENSAJE-RO, UNA ADVERTENCIA...
NO SOMOS MÁS QUE ANIMALES, PERO NOS CREEMOS SUPERIORES Y ATACAMOS LA NATURALEZA...
SOMOS ESTÚPIDOS SI PENSAMOS QUE NO NOS DEVOLVERÁ EL GOLPE...
YO LO SABÍA, Y CREO QUE POR ESO ME PERDONÓ LA VIDA...
ESTE TATUAJE ME LO RECODARÁ TODOS LOS DÍAS...
HORISEIJUN, HORISEIJUN II, NOS VOLVEREMOS A VER PRONTO...

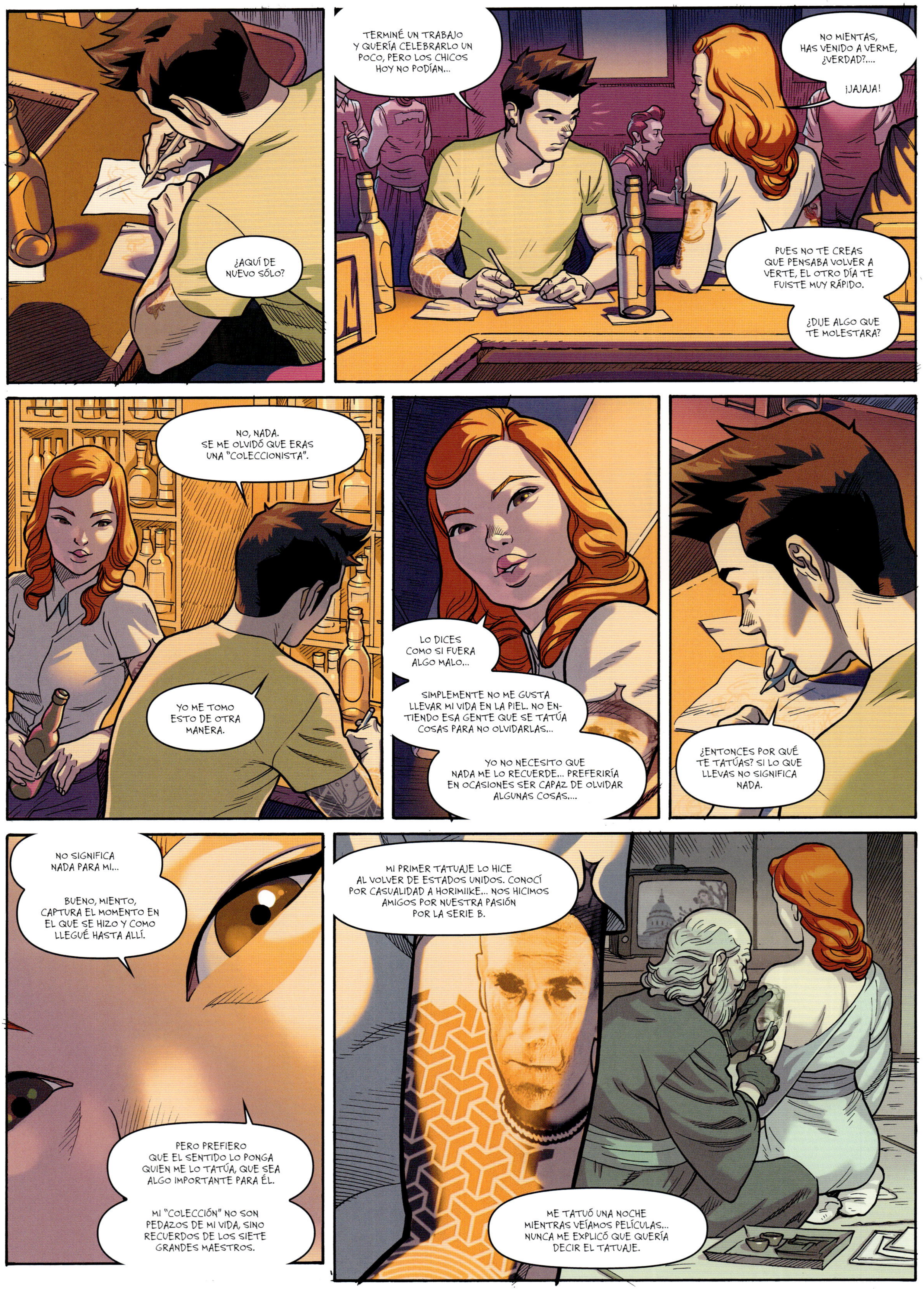
¿AQUÍ DE NUEVO SÓLO?
TERMINÉ UN TRABAJO Y QUERÍA CELEBRARLO UN POCO, PERO LOS CHICOS HOY NO PODÍAN...
NO MIENTAS, HAS VENIDO A VERME, ¿VERDAD?....
¡JAJAJA!
PUES NO TE CREAS QUE PENSABA VOLVER A VERTE, EL OTRO DÍA TE FUISTE MUY RÁPIDO.
¿DIJE ALGO QUE TE MOLESTARA?
NO, NADA. SE ME OLVIDÓ QUE ERAS UNA "COLECCIONISTA".
YO ME TOMO ESTO DE OTRA MANERA.
LO DICES COMO SI FUERA ALGO MALO...
SIMPLEMENTE NO ME GUSTA LLEVAR MI VIDA EN LA PIEL. NO ENTIENDO ESA GENTE QUE SE TATÚA COSAS PARA NO OLVIDARLAS...
YO NO NECESITO QUE NADA ME LO RECUERDE... PREFERIRÍA EN OCASIONES SER CAPAZ DE OLVIDAR ALGUNAS COSAS....
¿ENTONCES POR QUÉ TE TATÚAS? SI LO QUE LLEVAS NO SIGNIFICA NADA.
NO SIGNIFICA NADA PARA MI...
BUENO, MIENTO, CAPTURA EL MOMENTO EN EL QUE SE HIZO Y COMO LLEGUÉ HASTA ALLÍ.
PERO PREFIERO QUE EL SENTIDO LO PONGA QUIEN ME LO TATÚA, QUE SEA ALGO IMPORTANTE PARA ÉL.
MI "COLECCIÓN" NO SON PEDAZOS DE MI VIDA, SINO RECUERDOS DE LOS SIETE GRANDES MAESTROS.
MI PRIMER TATUAJE LO HICE AL VOLVER DE ESTADOS UNIDOS. CONOCÍ POR CASUALIDAD A HORIMIIKE... NOS HICIMOS AMIGOS POR NUESTRA PASIÓN POR LA SERIE B.
ME TATUÓ UNA NOCHE MIENTRAS VEÍAMOS PELÍCULAS... NUNCA ME EXPLICÓ QUE QUERÍA DECIR EL TATUAJE.

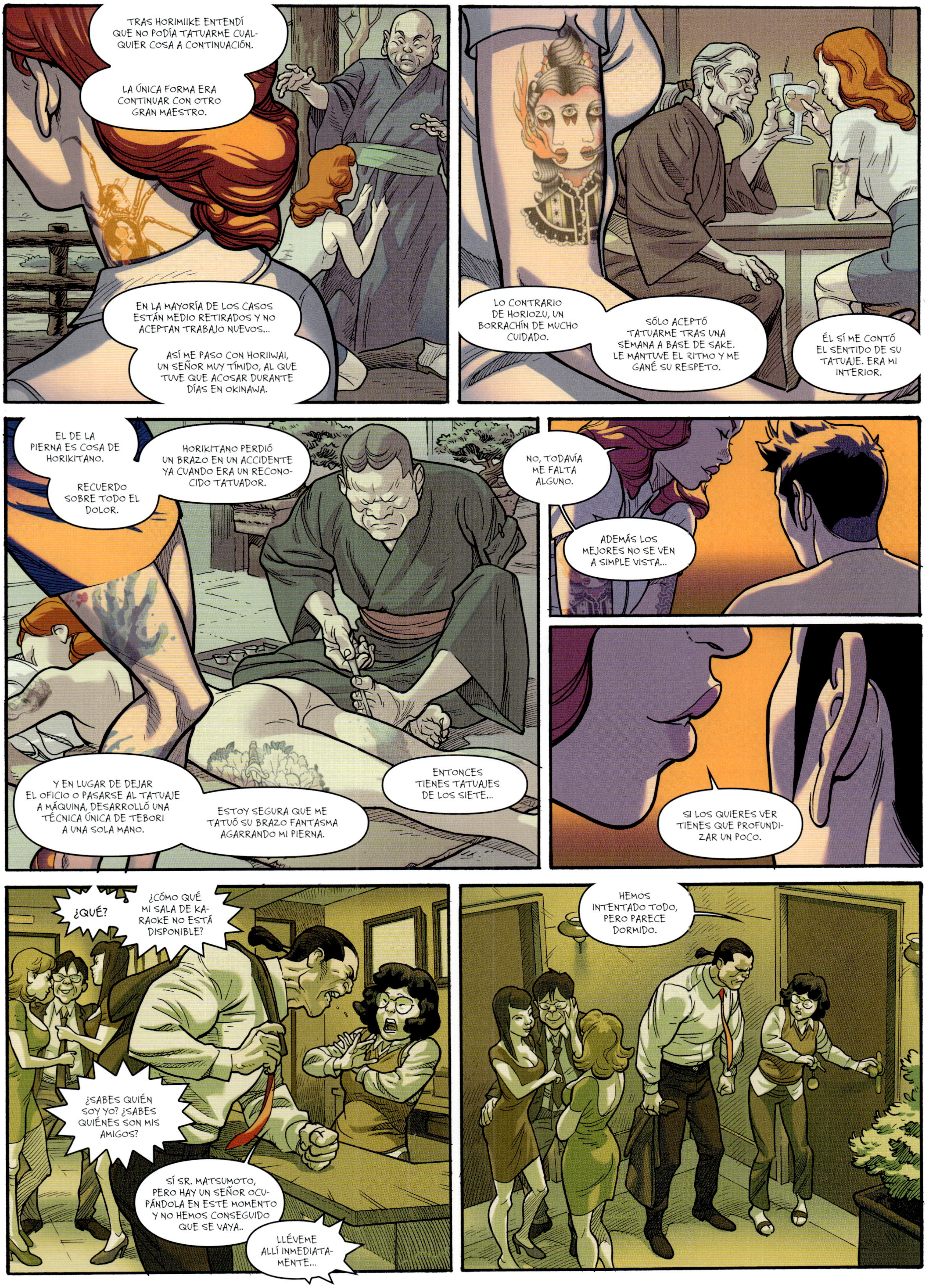
TRAS HORIMIKE ENTENDÍ QUE NO PODÍA TATUARME CUALQUIER COSA A CONTINUACIÓN.
LA ÚNICA FORMA ERA CONTINUAR CON OTRO GRAN MAESTRO.
EN LA MAYORÍA DE LOS CASOS ESTÁN MEDIO RETIRADOS Y NO ACEPTAN TRABAJO NUEVOS...
ASÍ ME PASO CON HORIWAI, UN SEÑOR MUY TÍMIDO, AL QUE TUVE QUE ACOSAR DURANTE DÍAS EN OKINAWA.
LO CONTRARIO DE HORIOZU, UN BORRACHÍN DE MUCHO CUIDADO.
SÓLO ACEPTÓ TATUARME TRAS UNA SEMANA A BASE DE SAKE. LE MANTUVE EL RITMO Y ME GANÉ SU RESPETO.
ÉL SÍ ME CONTÓ EL SENTIDO DE SU TATUAJE. ERA MI INTERIOR.
EL DE LA PIERNA ES COSA DE HORIKITANO.
RECUERDO SOBRE TODO EL DOLOR.
HORIKITANO PERDIÓ UN BRAZO EN UN ACCIDENTE YA CUANDO ERA UN RECONOCIDO TATUADOR.
Y EN LUGAR DE DEJAR EL OFICIO O PASARSE AL TATUAJE A MÁQUINA, DESARROLLÓ UNA TÉCNICA ÚNICA DE TEBORI A UNA SOLA MANO.
ESTOY SEGURA QUE ME TATUÓ SU BRAZO FANTASMA AGARRANDO MI PIERNA.
ENTONCES TIENES TATUAJES DE LOS SIETE...
NO, TODAVÍA ME FALTA ALGUNO.
ADEMÁS LOS MEJORES NO SE VEN A SIMPLE VISTA...
SI LOS QUIERES VER TIENES QUE PROFUNDIZAR UN POCO.
¿QUÉ?
¿CÓMO QUÉ MI SALA DE KARAOKE NO ESTÁ DISPONIBLE?
¿SABES QUIÉN SOY YO? ¿SABES QUIÉNES SON MIS AMIGOS?
SÍ SR. MATSUMOTO, PERO HAY UN SEÑOR OCUPÁNDOLA EN ESTE MOMENTO Y NO HEMOS CONSEGUIDO QUE SE VAYA..
LLÉVEME ALLÍ INMEDIATAMENTE...
HEMOS INTENTADO TODO, PERO PARECE DORMIDO.

¡OYE TÚ, IDIOTA! ¿NO TE HAN DICHO QUE ESTA SALA HA SIDO RESERVADA?
¡FUERA DE AQUÍ!
¡¡¡DESPIERTE ABUELO !!
¡ES HORA DE IRSE A CASA!
NO, SÓLO UN POCO MÁS, DÉJEME DORMIR UN POCO MÁS...
VEJESTORIO, NO ME OBLIGUE A PONERME SERIO, ¡LEVÁNTESE DE UNA VEZ!
¡¡¡LARGO DE AQUÍ!!!
SOLO...
UN POCO...
MÁS...
FIIIIIII...

COF, COF,
COF..

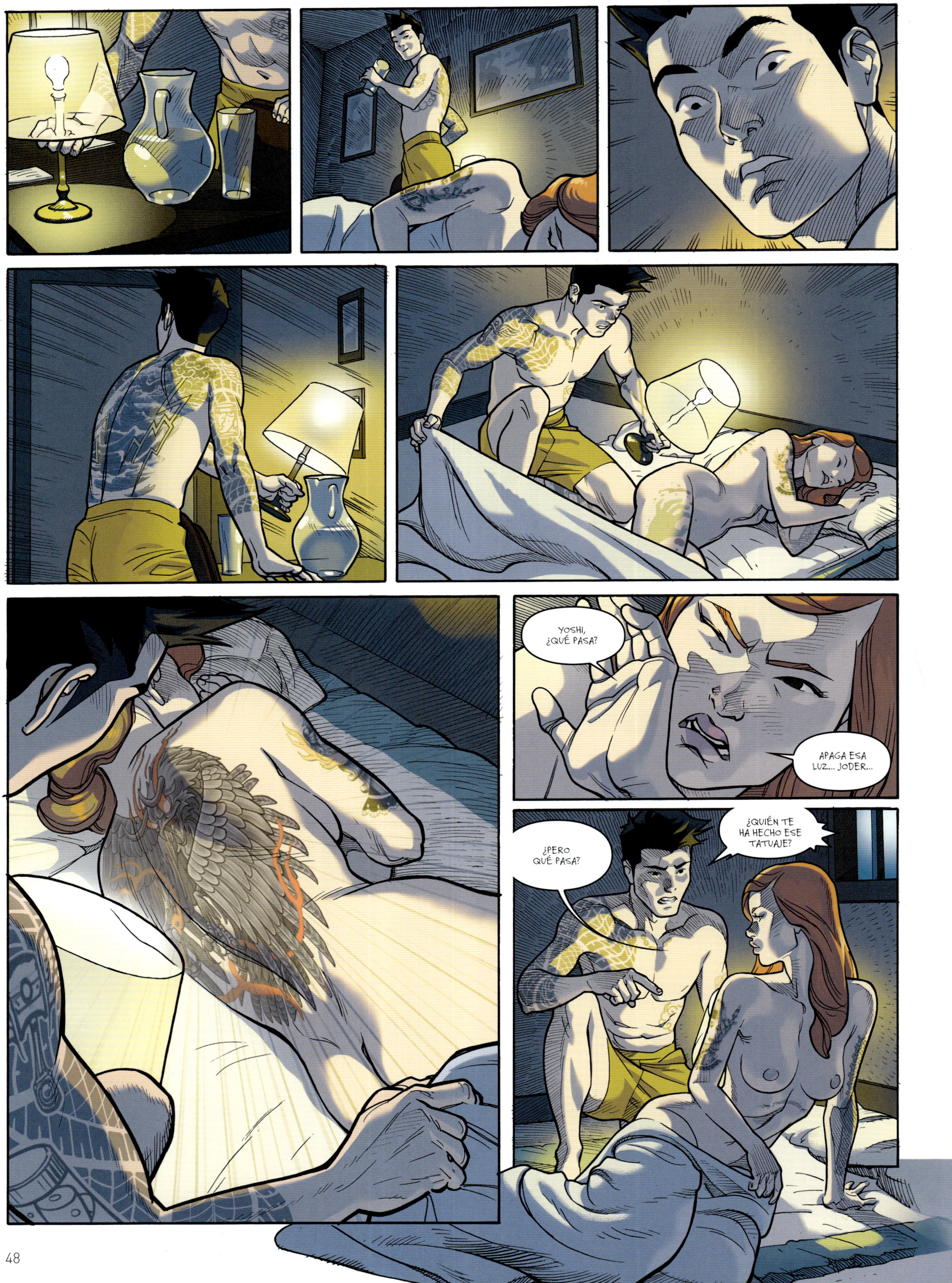
YOSHI, ¿QUÉ PASA?
APAGA ESA LUZ... JODER...
¿PERO QUÉ PASA?
¿QUIÉN TE HA HECHO ESE TATUAJE?

GLOSARIO

KAMIKAZE [Página 3 viñeta 3].
Traje de kamikaze es la ropa que llevan las bandas de moteros o Bosozoku, inspirada por la que llevaban los pilotos japoneses de la Segunda Guerra Mundial que estrellaban sus aviones contra el enemigo.

HORI-SEIJUN [Página 7 viñeta 8].
El prefijo HORI (tallar) se añade al nombre del tatuador (Horishi) una vez que llega al nivel de Maestro. Así Seijun se convierte en HoriSeijun o Yoshi en HoriYoshi

YAKUZA [Página 9 viñeta 5].
La mafia japonesa es conocida con el nombre de Yakuza, dice la leyenda que la palabra viene de la peor mano que se puede sacar en uno de los múltiples juego que se llevan a cabo con cartas HANAFUDA. Las cartas tienen motivos florales y animales asociados con la época del año que representa cada palo de la baraja.

SENPAI [Página 9 viñeta 5].
Forma cariñosa en la que se refiere un estudiante a otro de una clase superior.

SUJIBORI [Página 9 viñeta 5].
Nombre que recibe el local de tatuaje de Yoshi, se refiere a la linea de contorno de un tatuaje antes de introducir sombras y/o color.

OYABUN [Página 19 viñeta 6].
Es el escalafón más alto dentro de la Yakuza.

TEBORI [Página 22 viñeta 4].
Es un tipo de tatuaje japonés tradicional que se lleva a cabo a mano, sin medios mecánicos, ayudándose con una agujas largas creadas para tal propósito.Otra palabra habitual para referirse al tatuaje es IREZUMI. El irezumi sería una forma más genérica de referirse al tatuaje sin especificar la técnica.

TSUKUMOGAMI [Página 22 viñeta 8].
Es un tipo de Yokai que nace a partir de un objeto cotidiano una vez que este ha cumplido al menos 100 años. Uno de los más famosos y representados es el KARAKASA o paraguas.

SHATEIGASHIRA [Página 26 viñeta 6].
Equivalente a Segundo Teniente, o tercer mando dentro de un clan Yakuza.

BODYSUIT [Página 26 viñeta 6].
Es el tatuaje que te cubre el cuerpo entero, tradicionalmente el tatuaje en Japón era utilizado como castigo, la Yakuza abrazó ese "castigo" como un honor, cubriendo con tatuajes todo su cuerpo.

KYODAI [Página 28 viñeta 5].
Dentro de la jerarquía de la Yakuza un Kyodai o "hermano mayor", es aquel miembro ya de pleno derecho, pero último en la jerarquía Yakuza.

YABUSAME [Página 28 viñeta 5].
Es un tipo de tiro con arco tradicional japonés, que se lleva a cabo sobre un caballo. En principio se trata de un ritual para demostrar las habilidades como jinete y como arquero.

YOKAI [Página 30 viñeta 3].
Se entiende como Yokai a una criaturas míticas del folklore japonés, van desde pequeñas deidades viñetaras hasta demonios, pasando por criaturas y habitantes del bosque.

TENGU [Página 30 viñeta 4].
Es un tipo de Yokai, famoso por su relación con el juego y las artes marciales, su leyenda incluye detalles como su tendencia a raptar personas. Habitualmente son descritos como hombres de larguísimas narices y alas de cuervo.

BOSOZUKU [Página 35 viñeta 6].
Banda de moteros japoneses.

TRADICIONAL AMERICANO Y JAPONÉS
[Página 38 viñeta 5]. Entre los "estilos" de tatuajes que nos podemos encontrar estos dos son los más reconocibles, el tradicional americano es el más clásico dentro de los estilos desarrollados en occidente, y pasaría igual con el tradicional japonés en oriente.

MEDIA MANGA [Página 38 viñeta 6].
En el tatuaje tradicional también tiene mucha importancia la posición del tatuaje, entre los lugares más habituales están los brazos, o la "media manga" que cubriría lo que se puede tapar con una camiseta de manga corta.

手彫り
BONUS

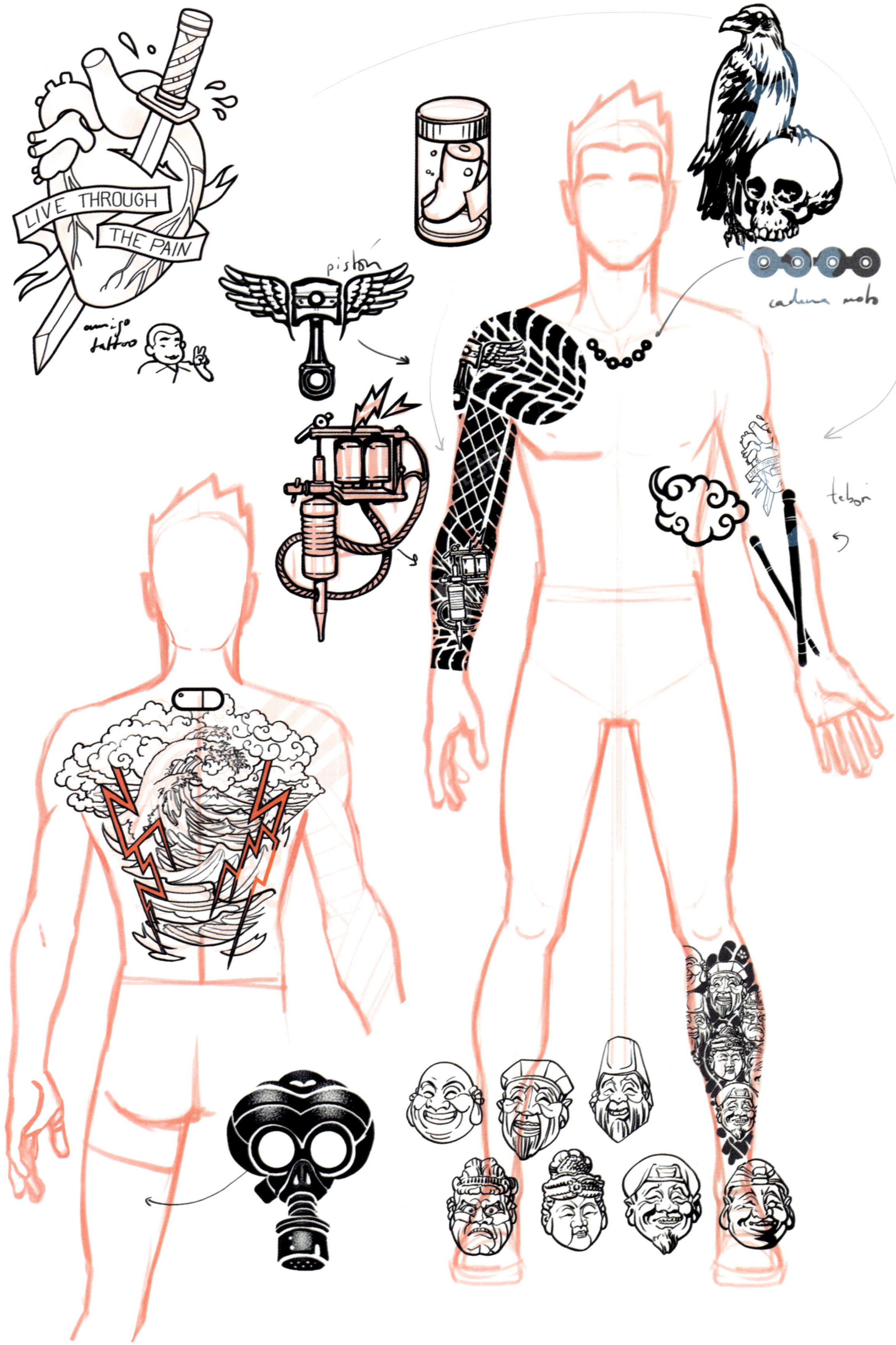
LIVE THROUGH
THE PAIN
pistón
tebori

x 240cm
- para barra

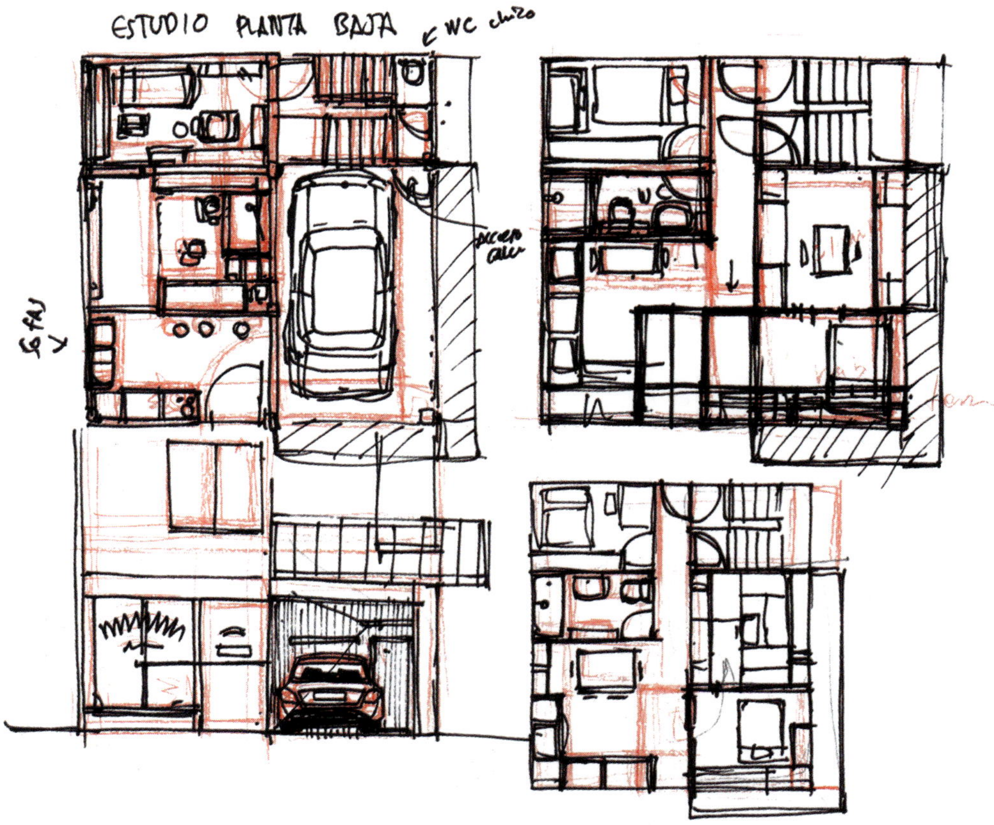
ESTUDIO PLANTA BAJA
WC

OK
better!
OK

KNOW
YOURSELF

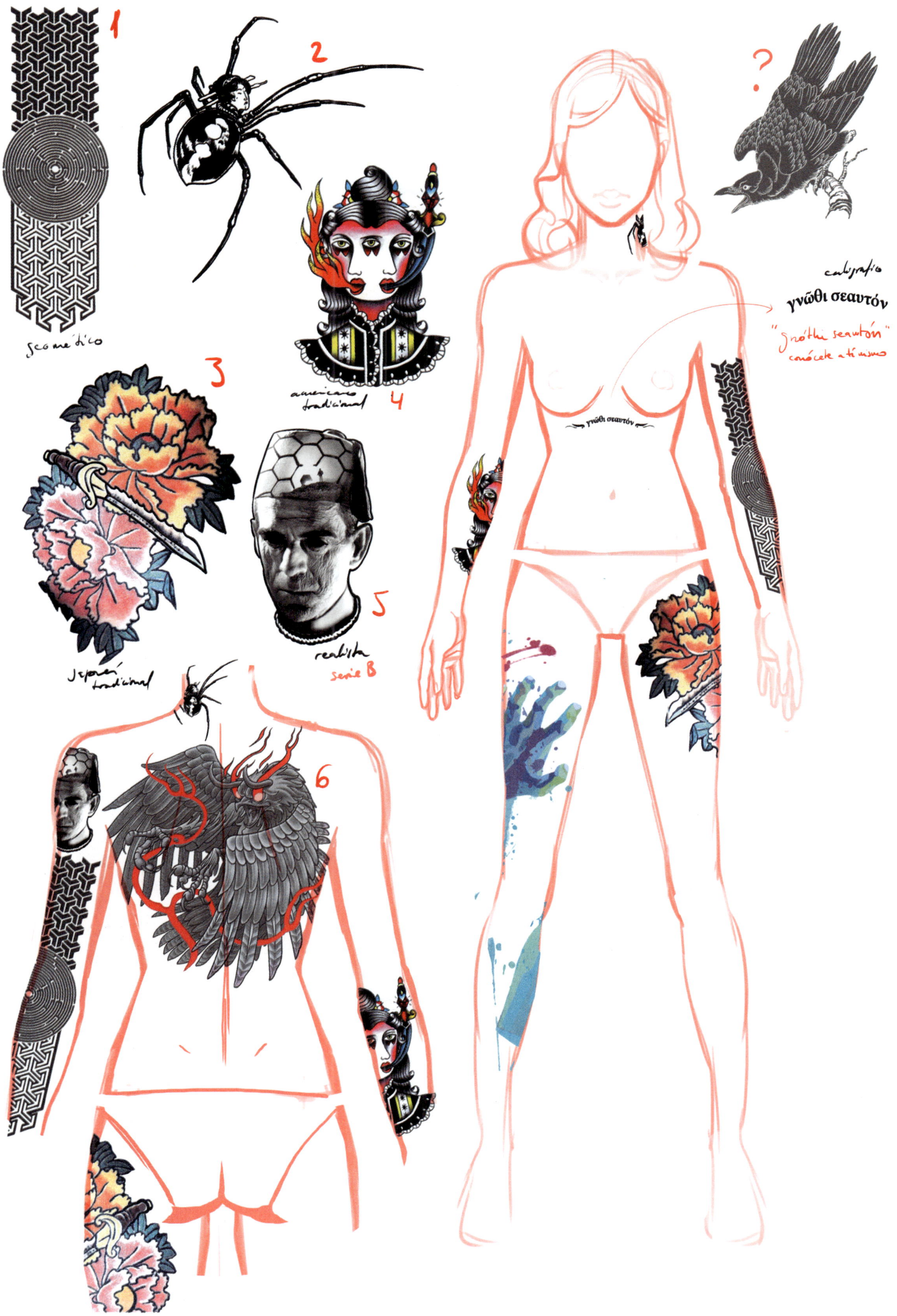
1
2
geométrico
4
americano tradicional
3
japonés tradicional
5
realista
serie B
6
?
caligrafía
γνῶθι σεαυτόν
"gnóthi seautón"
conócete a ti mismo
γνῶθι σεαυτόν

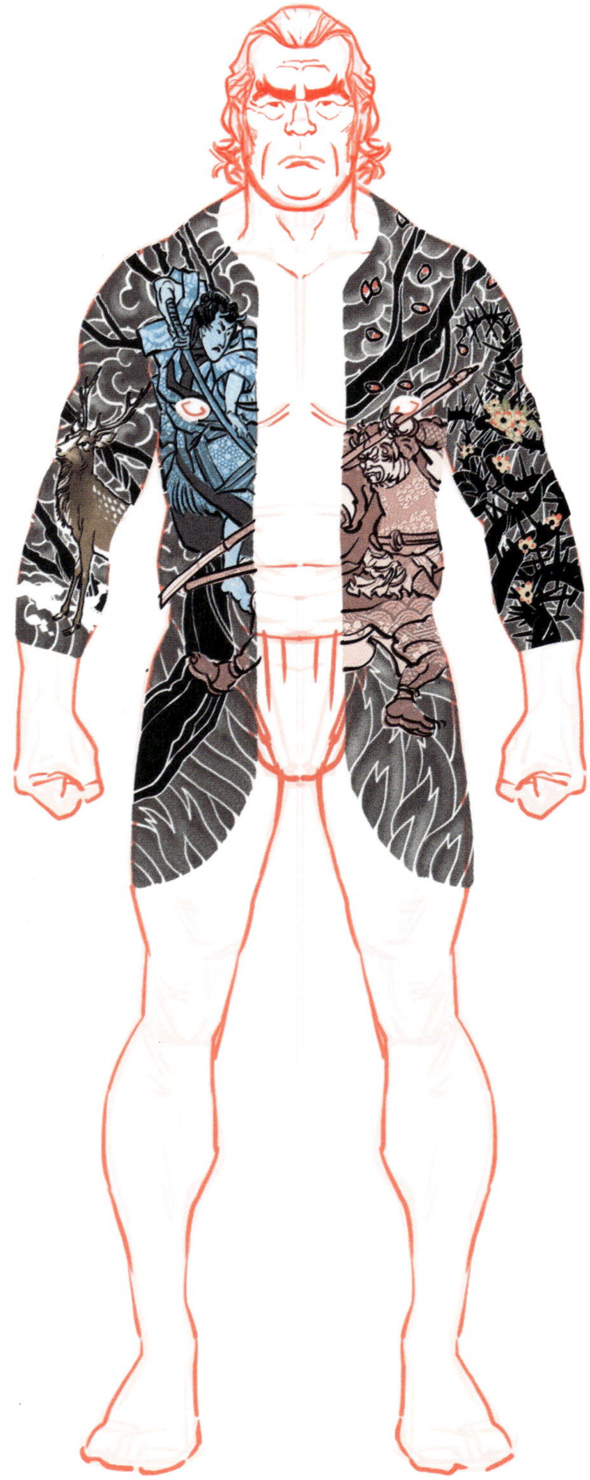

ok

fear
nature

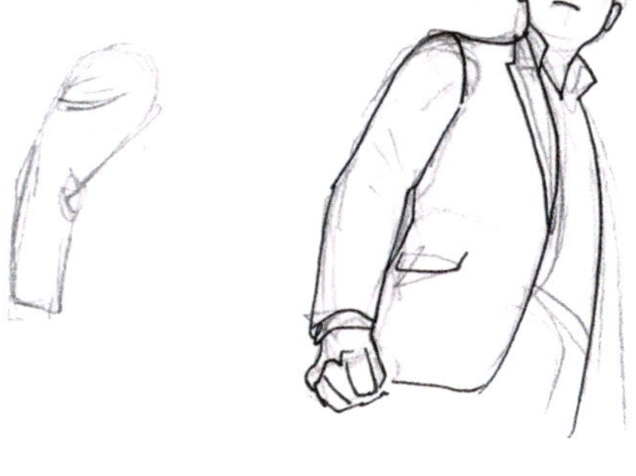

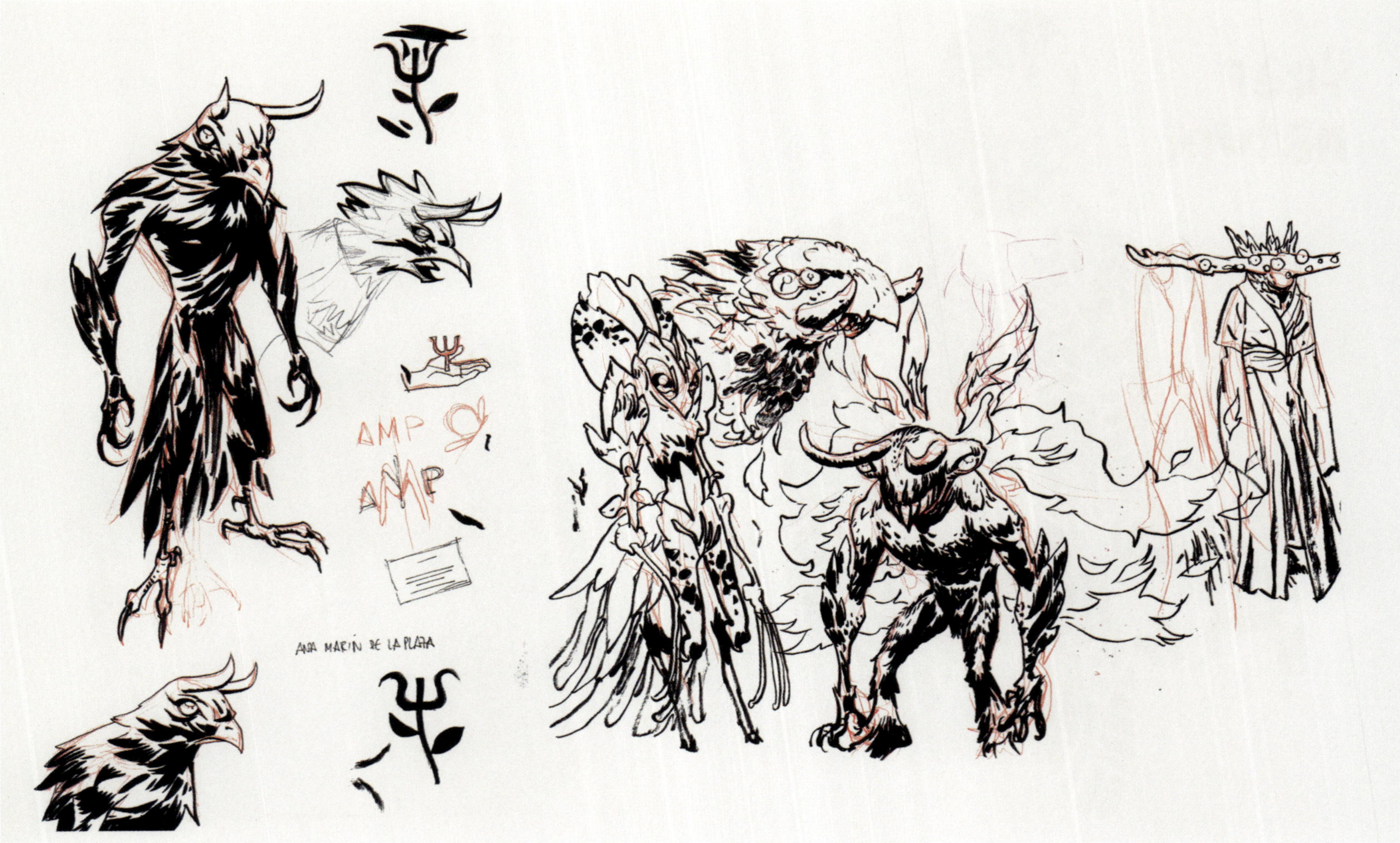
AMP
AMP
ANA MARÍN DE LA PLATA